사랑은 죽음보다 더 강하다

.

사랑은 죽음보다 더 강하다

이반 세르게예비치 투르게네프

조주관 옮김

СТИХОТВОРЕНИЕ В ПРОЗЕ

Ivan Sergeyevich Turgenev

차례

독자에게

독자여, 이 산문시를 단숨에 읽지 마시오.
단숨에 읽으면 아마 지루한 마음에
그대의 손에서 멀어질 것이오.
오늘은 이 시, 내일은 저 시,
마음 가는 대로 읽으시오.
그러면 그중에 어느 시인가
그대의 마음에 와닿는 것이 있을 겁니다.

마을

6월 마지막 날, 러시아의 사방 천지가 그리운 내 고향이다.

온 하늘이 푸르게 물들고, 외로운 구름 한 조각 흐르지도 사라지지도 않은 채 떠 있다. 평온하고 따뜻한 날씨다…… 공기는 갓 짜낸 우유 같다!

종달새 지저귀고, 비둘기는 가슴 불룩이며 구구대고, 제비는 소리 없이 날아다니고, 말들은 콧김 뿜으며 우물우물 풀을 씹는다. 개들은 조용히 꼬리만 흔들 뿐 짖지 않는다.

연기 내음도 나고, 풀 향기도 난다. 타르 냄새도 약간 풍기고, 가죽 냄새도 조금 나는 듯하다. 대마 밭은 이미 무르익어 기분 좋은 향기를 짙게 내뿜는다.

완만하지만 깊은 골짜기다. 머리가 크고 아래 밑동이 갈라진 버드나무들이 골짜기 양옆으로 줄지어 늘어서 있다. 골짜기로 시냇물이 졸졸 흐르고, 바닥에는 조약돌들이 맑은 물결 사이로 바르르 떨고 있다. 저 멀리 하늘과 땅이 만나는 경계선으로 커다란 푸른 강이 보인다.

골짜기 따라 한쪽으로는 깔끔한 헛간들과 문이 꽉 잠긴 작은 방들이 늘어서 있고, 다른 쪽으로는 널빤지 지붕을 얹은 대여섯 채 소나무 통나무집이 늘어서 있다. 지붕마다 위로는 찌르레기 새장이 달린 장대가 높이 솟아 있고, 각 현관들 위로는 갈기를 곤두세운 작은 말이 철 조각으로 장식되어 있다. 울퉁불퉁한 유리창은 무지갯빛으로 반사된다. 덧문에는 꽃이 담긴 꽃병들이 그려져 있다. 통나무집들마다 앞에는 손질이 잘 된 벤치가 단정하게 자리를 잡고 있다. 토담 위에는 고양이들이 몸을 동그랗게 웅크린 채 얇고 작은 귀들을 곤두세운다. 높다란 문지방 너머로 현관이 어두워지며 선선해진다.

나는 골짜기 끝에 말[馬] 덮개를 펼쳐 놓고 누워 있다. 주위에는 갓 베어 놓은 큰 건초 더미가 있고, 건초 향이 나른할 정도로 짙게 난다. 노련한 농가 주인들이 통나무집 앞에 건초를 풀어헤쳐 놓는다. 조금 더 햇볕에 말렸다 저기 헛간에 넣어 둘 생각이다! 그 위에 누우면 잠이 잘 올 것 같다!

곱슬곱슬한 아이들 머리가 건초 더미 사이로 불쑥불쑥 튀어나온다. 볏을 곤두세운 닭들은 건초를 헤치며 날파리와 작은 벌레를 찾는다. 주둥이가 하얀 강아지는 헝클어진 풀 속에서 버둥거린다.

아맛빛 고수머리의 젊은이들이 정갈한 루바시카[1]에 허리띠를 낮게 매고, 테두리에 장식 달린 묵직한 장화를 신고, 말을 풀어놓은 짐마차에 가슴을 기댄 채, 활기차게 담소를 주고받으며 이를 드러내며 웃는다.

둥근 얼굴의 젊은 여인이 창밖으로 내다본다. 젊은이들의 담소 때문도 아니고, 쌓아 올린 건초 더미 속 아이들의 소란 때문도 아닌 묘한 웃음을 짓는다.

다른 젊은 여인은 힘센 팔로 젖은 큰 두레박을 우물에서
끌어올린다…… 두레박은 밧줄 끝에서 떨리듯 흔들리고,
햇빛에 반짝이는 물방울이 길게 떨어진다.

바둑무늬 새 스커트에 새 가죽신을 신은 할머니가 내
앞에 서 있다.

세 겹의 속 빈 큰 유리구슬들이 할머니의 마르고
거무스름한 목을 감고 있다. 백발 머리는 빨간 반점 무늬
노란색 스카프로 감싸였고, 스카프가 어슴푸레한 눈 위로
흘러내린다.

그러나 할머니의 눈은 상냥하게 웃고 있다. 주름투성이
얼굴 전체가 웃고 있다. 아마 일흔 살 정도 되어 보이는
할머니지만…… 젊은 시절 미녀였음을 알 수 있는 흔적이
지금도 그대로 남아 있다!

할머니는 햇볕에 탄 오른쪽 손가락을 서투르게 편 채,
지하실에서 막 꺼낸 뚜껑 덮인 우유 항아리를 들고 있다.
항아리는 유리구슬 같은 이슬방울로 온통 뒤덮여 있다.
할머니는 아직도 따스한 빵 큰 조각 하나를 왼 손바닥 위에
올려놓고 나에게 권한다. "젊은 양반, 건강을 위해, 자, 먹어
봐요!"

수탉이 갑자기 꼬꼬댁 울어 대며 부산하게 날개를
퍼덕이기 시작했다. 이에 답하여 외양간 송아지는 천천히
음매음매 운다.

"우와, 정말 멋진 귀리다!" 마부의 목소리가 들린다.

오, 자유로운 러시아 시골 마을의 만족과 평온과 여유!
오, 은총과 축복!

차르그라드[2]에 있는 성소피아 사원의 둥근 지붕 위
십자가[3]가 무엇 때문에 이곳에 있을까? 우리 도시인들은
무엇을 얻으려 그렇게 애쓰는 걸까?

— 1878년 2월

1 러시아 남성들이 입는 겉저고리로 블라우스와 비슷하다.
2 옛날 비잔틴 제국의 수도인 '비잔티움'을 가리키며, 나중에
   '콘스탄티노플'이 되었고, 지금은 '이스탄불'로 불린다.
3 이 말은 크림전쟁(1853~1856)과 러시아·터키 전쟁(1877~1878)의
   원인이 된 이른바 '동방 문제'에 대한 러시아인들의 긴 심을 표지한
   것이다.

대화

융프라우에도 핀스터아르호른에도
아직 인간의 발자취가 없었다.

　알프스 정상…… 온통 험한 봉우리들의 연속…… 산들의
최중심지.
　산 위로 펼쳐진 연옥색의 말 없는 밝은 하늘. 매서운
강추위. 반짝이는 얼어붙은 눈. 그 눈을 뚫고 솟아난 얼음
덮고 비바람을 견뎌 낸 준엄한 바윗덩어리.
　지평선 양쪽에서 떠오른 두 바윗덩어리, 두 거인은
융프라우와 핀스터아르호른이다.
　융프라우가 이웃에게 말한다.
　“뭐 새로운 소식 없소? 당신이 더 잘 보이잖아. 거기
아래쪽은 어떻소?”
　한순간 몇 천 년이 지나간다. 핀스터아르호른의 대답이
울려 퍼진다.
　“꽉 들어찬 구름이 지구를 덮고 있다네…… 기다리게!”
　한순간 다시 수천 년이 지나간다.
　“자, 지금은 어떻소?” 융프라우가 묻는다.
　“이제 보이는군. 저 아래쪽은 여전하네. 얼룩덜룩하고
작기만 하지. 물은 푸르고, 숲은 검고, 쌓아 올린
돌무더기들은 잿빛이네. 주변에는 여전히 딱정벌레들이
우글거리지. 알다시피, 아직도 당신이나 나를 한 번도
더럽힌 적 없는 저 두 발 달린 것들이라네.”
　“인간들?”

"그래, 인간들."

한순간 수천 년이 흐른다.

"자, 지금은 어떻소?" 융프라우가 묻는다.

"딱정벌레들이 약간 적어 보이네." 핀스터아르호른의
대답이 우렁차다.

"아래는 더 선명해졌어. 물도 줄고, 숲도 드물어졌다네."

한순간 다시 수천 년이 지난다.

"무엇이 보이오?" 융프라우가 묻는다.

"우리 주변이 아주 깨끗해진 것 같네." 핀스터아르호른이
대답한다.

"저 멀리 계곡 따라 여전히 얼룩이 있고, 뭔가가 살짝
움직인다네."

"그러면 지금은 어떻소?" 한순간 수천 년이 지나자,
융프라우가 묻는다.

"이제는 좋아." 핀스터아르호른이 대답한다.

"어디나 깨끗해졌고, 어딜 가나 완전히 하얗고…….
어디에나 모두 우리 눈이지. 눈과 얼음이 고르게 있다네. 다
얼어 버렸어. 이제는 됐어, 잠잠하다네."

"좋아요." 융프라우가 중얼거렸다. "노인장, 그건 그렇고
우리도 충분히 대화를 나누었지요, 잘 시간이오."

"잘 시간이네."

거대한 산들이 자고 있다. 맑고 푸른 하늘도 영원히
침묵하는 대지 위에서 자고 있다.

— 1878년 2월

노파[1]

홀로 넓은 들판을 거닐었다.

갑자기 등 뒤로 조심스럽게 내딛는 가벼운 발자국 소리가 느껴졌다……. 누군가 내 뒤를 따라오는 거다.

몸을 돌려 뒤돌아보았다. 허리가 굽은 작은 노파가 회색 누더기로 온몸을 감싸고 있었다. 노파의 얼굴이 누더기 사이로 눈에 띄었다. 주름살 많은 누런 얼굴에, 뾰족한 코에, 이들이 다 빠져 버린 노파였다.

노파에게 다가갔다……. 노파가 걸음을 멈추었다.

"누구세요? 저에게 하실 말 있나요? 거지세요? 적선을 원하나요?"

노파는 대답이 없었다. 노파 위로 몸을 구부려 살펴보니, 노파의 두 눈이 반쯤 투명한 하얀 막으로 덮여 있었다. 어떤 새들한테 흔히 볼 수 있는 엷은 막이다. 새들은 그것으로 눈부신 햇빛으로부터 자기 눈을 보호한다.

하지만 노파의 엷은 막은 움직이지도 않고 눈동자를 덮어 버렸다……. 그래서 나는 노파가 장님인 줄 알았다.

"적선을 원하나요?" 나는 거듭 물었다. "왜 내 뒤를 졸졸 따라와요?"

그러나 노파는 여전히 대답하지 않고 몸만 조금 움츠렸다.

노파를 뒤로하고 나는 다시 갈 길을 향해 걷기 시작했다.

또다시 등 뒤로 아까처럼 가볍고 규칙적인 발자국 소리가 들린다.

'또 그 노파군!' 나는 생각했다. '왜 할머니가 나만 따라오는 걸까?'

그래서 나는 마음속으로 이렇게 생각했다. '아마 저 노파는 눈이 안 보여서 길을 잘못 든 거야. 그래, 내 발소리를 들으며 그걸 따라 거리로 나가려는 거야. 그래 그래, 바로 그거야.'

그런데 이상한 불안감이 점점 내 마음을 사로잡았다. 이 노파가 그저 나를 따라오는 것이 아니라 도리어 나를 어디로 가라고 조종하는 게 아닐까. 나를 왼쪽 오른쪽으로 가게 하는 것 같네. 부지불식간 내가 할머니를 따라가고 있다는 생각이 들었다.

하지만 나는 계속 걸었다……. 그때 갑자기 앞에 내가 걸어가고 있는 길 위에 검은 그림자가 나타나더니 점점 넓게 퍼져 갔다…… 무슨 구멍과 같은 것이……. '무덤이다!' 이런 생각이 갑자기 머릿속을 스쳤다. '아, 저 노파가 나를 밀어 넣을 작정이구나!'

나는 재빨리 뒤로 몸을 돌렸다. 노파가 다시 내 앞에 서 있다. 아, 눈을 뜬 채 나를 쳐다보고 있지 않는가! 무섭고 불길한 커다란 눈으로…… 생피를 빠는 맹금 같은 눈으로 나를 노려본다. 나도 노파의 얼굴과 두 눈을 찬찬히 주시했다……. 다시 똑같은 흐릿한 막, 똑같은 장님, 똑같은 뭉툭한 얼굴…….

'아!' 나는 생각한다. '이 노파는 내 운명이다. 인간으로서는 도저히 피할 수 없는 운명인 것이다!'

'도망칠 수 없어! 도망칠 수 없어! 이런 미치겠네!…… 시도는 해봐야지.' 그리하여 나는 딴 곳으로 잽싸게 도망갔다.

나는 재빠르게 걸어간다. 그러나 가벼운 발자국 소리가 들리고, 여전히 내 뒤 바로 가까이 따라온다…… 그리고 앞에 또 검은 구멍이 나타난다…….

나는 다른 길로 방향을 틀었다…… 여전히 등 뒤로 똑같은 발자국 소리가 들리고, 앞에는 똑같이 위협적인 시커먼 반점이 나타난다.

쫓기는 토끼처럼 아무리 발버둥 쳐도…… 결과는 역시 같다!

'멈춰 서자!' 나는 생각한다. '어디 노파를 속여 보자! 이제는 어디로도 떠나지 않으리라!' 그 순간 나는 땅에 주저앉았다.

노파는 두세 걸음 등 뒤에 우뚝 서 있다. 아무 소리도 들리지 않지만, 나는 노파가 거기 있는 걸 느낀다.

갑자기 나는 지금까지 멀리서 검게 보이던 반점이 나에게로 헤엄치듯 기어 오는 것을 보았다! 맙소사! 다시 뒤를 돌아본다…… 노파는 나를 잔뜩 노려보며 이빨 빠진 입을 실룩거리며 히쭉히쭉 웃고 있다…….

'피할 수 없다!'

── 1878년 2월

---

1   투르게네프의 어느 친구 말을 빌리면 이 산문시는 그가 실제로 본 꿈을
엮은 것이라 한다. 투르게네프 산문시에는 꿈을 묘사한 작품이 이 한
편에 국한되지 않고 꽤 많은 숫자에 이른다.

개

방에는 개와 나 — 우리 둘뿐이다.

마당에는 사나운 폭풍이 무섭게 울부짖는다.

개는 앞에 앉아 나를 물끄러미 바라본다.

나도 개를 바라본다.

개가 무언가 말하고 싶어 하는 눈치다.

개는 벙어리라 말할 줄 모르고,

자기 자신을 이해하지 못한다. 그러나 나는 개의 마음을 안다.

지금 이 순간

개나 나나 같은 감정에 젖어 있음을

우리 둘 사이에 아무런 차이가 없음을

나는 알고 있다. 우리 둘은 똑같다.

저마다의 가슴속에 똑같이

떨리는 불꽃이 타오르며 빛난다.

죽음이 날아와 자신의 차가운 넓은 날개를

퍼덕거리면……

끝장이다!

우리네 가슴속마다 어떤 불길이 타는지 누가 알까?

아니야! 지금 시선을 주고받는 것은 동물도 인간도

아니야……

서로 바라보고 있는 것은 두 쌍의 동일한 눈이다.

동물과 인간도, 이 두 쌍의 눈에도 동일한 생명이 서로를

의지하며,

　겁먹은 채 서로에게 다가가는 것이다.

── 1878년 2월

맞수

맞수인 친구가 있었다. 여러 수업이나, 업무나, 사랑에서 경쟁자는 아니다. 그런데 사사건건 우리 의견은 달랐고, 매번 만날 때마다 우리는 끝없이 논쟁을 벌였다.

우리는 모든 일에 대해 논쟁했다. 예술, 종교, 과학, 현세와 내세까지 — 특히 내세의 삶에 대해 논쟁했다.

그는 열렬한 신자였다. 어느 날 그가 내게 말했다.

"자네는 무슨 일이든 비웃는 경향이 있어. 하지만 만약 내가 자네보다 먼저 죽게 된다면, 나는 반드시 저세상에서 자네 앞에 나타날 걸세…… 그때도 자네가 비웃을지 어디 한번 두고 보자고."

정말 그는 자기 말대로 젊은 나이에 나보다 먼저 죽었다. 그러나 몇 해가 지나자 나는 그의 약속이나 경고를 잊어버렸다.

어느 날 밤 잠자리에 누워 있었다. 그런데 잠을 잘 수도 없었고, 자고 싶지도 않았다.

방 안은 어둡지도 밝지도 않았다. 나는 잿빛 어스름을 바라보기 시작했다. 그때 갑자기 두 창문 사이에 나의 맞수가 서 있는 것이 보였다. 말없이 슬프게 고개를 위에서 아래로 까딱였다. 나는 두려워하지도, 놀라지도 않았다. 몸을 살짝 일으켜 팔꿈치로 기댄 채 갑자기 나타난 망령을 응시하기 시작했다.

그는 계속해서 고개를 까딱였다.

"무슨 일인가?" 마침내 내가 입을 열었다. "자네 우쭐대는 건가? 아니면 동정하는 건가? 그건 무슨 의미? 경고? 아니면 비난? 아니면 자네가 틀렸다는 걸 내게 알리려는 건가? 우리 둘 다 틀렸다는 건가? 자네 무엇을 겪고 있는 건가? 지옥의 고통? 천상의 행복? 무슨 말이라도 해 보게!"

그러나 내 맞수는 아무 말도 하지 않은 채 여전히 슬픈 듯 조용히 고개를 까딱였다. 나는 웃기 시작했다…… 그가 완전히 사라졌다.

— 1878년 2월

거지[1]

거리를 걷다가…… 초라한 늙은 거지가 내 발길을 멈추게 한다.

눈물 어린 충혈된 눈, 파리한 입술, 다 해진 누더기 옷, 더러운 상처……

아아, 가난이란 불쌍한 사람을 이처럼 처참하게 갉아먹는구나!

그가 벌겋게 부어오른 더러운 손을 내게 내밀었다…….

그는 신음하듯 앓는 소리로 적선을 청한다.

나는 부랴부랴 호주머니란 호주머니는 모조리 뒤져 보았다……

지갑도 없고, 시계도 없고, 손수건마저 없다……

가지고 나온 것이 아무것도 없었다.

거지는 마냥 기다리고 있는데……

내민 손이 힘없이 떨린다.

어쩔 줄 몰라 당황한 나는 떨리는 그의 더러운 손을 꼭 잡았다…….

"형제님, 미안하오, 아무것도 가지고 나오지 못했소."

거지는 충혈된 눈으로 나를 멀거니 바라보았다.

그의 파리한 입술에 엷은 미소가 스쳐 지나갔다.

이번에는 그가 차디찬 내 손가락을 꼭 잡아 주며 속삭였다.

"형제님, 저는 괜찮아요.

이것만으로도 고맙습니다. 형제님, 그 역시 적선이지요."

그때 나는 이 형제한테 내가 적선 받았다는 것을
깨달았다.

— 1878년 2월

---

1 「거지」는 한국에서 투르게네프의 번역시 중 최고의 인기를 누린 시다.
  일제 강점기인 1910년에서 1930년 사이에만 최소 12회 반복 번역되었다.
  시 제목은 '걸식, 비렁뱅이, 걸인, 거지' 등 다양하다.

그대 들어라! 어리석은 자의 심판을[1]

— 푸슈킨

우리의 위대한 시인, 그대는 언제나 진리를 말했다.
이번에도 그대는 진리를 말했다.

"어리석은 자의 심판과 군중의 웃음'…… 누가 이것을
체험하지 않았겠소?

이 모든 것을 참을 수 있고, 참아야 하는 겁니다. 누구든
능력이 있다면, 시비 걸어 봐요!"

그러나 세상에는 심장을 더 아프게 치는 타격이 있다.
어떤 사람은 할 수 있는 모든 것을 다했다. 사랑하는
마음으로 정직하게 열심히 일했다. 그래도 정직한 사람들은
불쾌한 듯 얼굴을 돌린다. 정직한 얼굴들은 그의 이름을
듣기만 해도 분개한다.

"꺼져! 저리 물러나라!" 정직한 젊은 목소리로 그에게
소리친다. "너도 네 노동도 필요 없어. 네가 우리 집을
더럽히고 있다. 너는 우리를 알지도 이해하지도 못한다……
너는 우리의 적이다!"[2]

이때 이 사람은 어떻게 해야 할까?

계속해서 일해야 한다. 변명하지 말고, 더 올바른 평가를
기다리지도 말라.

예전에 농부들은 빵을 받고 가난한 사람들의 주식인
감자를 내준 여행자를 저주했다. 그들은 여행자가 내민 손에
있는 그 귀한 선물을 쳐서 떨어뜨리고, 진흙탕에 던지고
발로 짓밟았다.

지금 농부들은 그것을 주식으로 삼으면서도, 자기 은인의 이름조차 모른다.

　좋다! 그 사람의 이름이 그들에게 무슨 소용이겠는가? 그가 이름은 없어도 농부들을 기아에서 구해 준 것이다.

　우리가 가져오는 식량이 정말로 건강한 양식이 되도록 노력할 것이다.

　사랑하는 사람들의 입에서 부당한 비난을 듣는 일은 괴롭다…… 그러나 그 역시 그런대로 참을 수 있다…….

　아테네의 대장이 스파르타인에게 말했다. "나를 때려라! 그러나 내 말을 끝까지 들어라!"[3]

　우리도 말해야 한다. "나를 때려라! 그러나 배부르고 건강하게 살아라!"

— 1878년 2월

1　이 제목은 푸슈킨이 1830년에 지은 「시인에게」라는 시에서 인용한 것이다.

2　이러한 말투를 참고로 하면 한편으로 투르게네프의 최후 장편소설 『처녀지』를 둘러싸고 민주주의적 청년들 간에 일어났던 비난을 모티브로 삼았음을 추측할 수 있다.

3　페르시아와의 해전을 둘러싸고 아테네 대장 테미스토클레스가 스파르타 대장 에우리비아데스에게 말한 아포리즘이다. 격한 의논 끝에 마침내 전자의 주장대로 되어 살라미스만의 해전에서 대승리를 거두게 되었다.

만족한 사람

아직 젊은 사람이 수도의 거리를 따라 날아갈 듯 뛰어간다. 그의 동작은 쾌활하고 날렵하며, 눈동자는 반짝이고, 입가에는 미소를 짓고, 감동에 찬 얼굴은 불그스레하다…… 그의 온몸이 만족과 기쁨 그대로다.

대체 무슨 일이 있나? 유산이라도 받았나? 승진을 했나? 애인을 만나러 급히 가는 중인가? 아니면 그냥 아침을 잘 먹고 온몸으로 건강과 포만감이 느껴져 기뻐 날뛰는 걸까? 그의 목에 아름다운 팔각형 십자훈장을 걸어 준 건 아닐까? 오, 폴란드 왕 스타니슬라프여![1]

아니다. 그는 어느 지인에 대한 비방을 꾸며 냈고, 그것을 돌아다니며 치밀하게 퍼뜨렸다. 다른 지인으로부터 바로 그 비방을 듣고 — 자기도 그것을 믿었다.

오, 이 순간 이 전도유망한 사랑스런 젊은이는 얼마나 만족하고 선량해 보이는가!

— 1878년 2월

---

1 당시 문관훈장 3종(전부 11등급) 가운데 제일 낮은 스타니슬라프 훈장을 말한다.

처세술 1

　교활한 늙은이가 내게 말했다. "자네가 상대방을
마음대로 괴롭히거나 해치려 한다면, 자네가 느끼는
결점이나 단점으로 상대방을 비난해 보라. 기죽지 말고……
그리고 비난해 보라!

　그러면 첫째로 다른 사람들은 자네가 그런 약점이 없다고
생각한다.

　둘째로 자네의 분노가 심지어 진정이라 생각되지……
자네는 양심의 가책을 역이용할 수 있단 말이네. 자네가
배신자라면, 상대방을 비난할 때는 그의 신념이 없다고
지적하라!

　자네가 노예근성의 영혼이 있다면, 상대방을 비난하듯
노예라고 말해라…… 문명의 노예, 유럽의 노예, 사회주의의
노예라고 꾸짖어라!"

　한 마디 물어볼 수 있다. "당신은 노예근성을 배격하는
노예라고!" 나는 눈치챘다.

　교활한 늙은이가 얼른 맞장구쳤다. "그래, 그렇게 말할 수
있다네."

── 1878년 2월

세상의 종말

깊은 숲속에 있는 러시아 시골집에 있다고 느꼈다. 천장이
낮은 큰 방에 창문이 세 개 나 있다. 하얀 페인트가 칠해진
벽에 가구가 하나도 없었다. 집 앞 넓은 초원은 평탄하게
경사를 이루며 저 멀리 펼쳐진다. 단조로운 회색빛 하늘이
덮개처럼 초원 위에 걸려 있다.

방 안에는 나 혼자가 아니다. 열 명의 사람들이 함께
있다. 그들은 모두 평범하게 입었다. 모두 조용히 방 안을
이리저리 걸어 다닌다. 서로 피하는 모양이다. 그러면서도
끊임없이 걱정스런 시선으로 서로 바라본다.

이런 집에 그가 왜 와 있는지, 함께 있는 사람들이
누구인지 아무도 모른다. 사람들은 하나같이 얼굴에
불안하고 침울한 빛이 가득 차 있다. 모두 번갈아 창 쪽으로
걸어가 무엇을 기다리는 것처럼 주의 깊게 창밖을 내다본다.

그러고 나서 그들은 이리저리 거닐기 시작한다. 소년이
우리 사이로 뛰어다닌다. 소년은 종종 단조롭고 가는
목소리로 옹얼거린다. "아빠, 무서워!" 이 소리를 들으면
가슴이 아프다.

그리고 나도 무서워진다…… 하지만 무엇이 무서운가?
나도 모른다. 다만 무엇인지 모르지만 커다란 불행이 점점
가까워지는 것 같은 생각이 든다.

소년은 멈추었다 다시 비명을 지른다. 아아, 어떻게 여길
벗어날 수 있을까! 숨이 막힐 것만 같다. 불쾌하다! 가슴이

답답하다! 하지만 도저히 도망칠 수가 없다. 하늘은 가벼운
수의 같다. 바람도 없다…… 공기마저 죽었나?

소년은 갑자기 창가로 뛰어가더니, 처절한 목소리로
외치기 시작했다.

"저것 봐요! 저걸 좀 봐요! 땅이 무너지고 있어요."

"뭐가? 무너졌다고?"

그러네. 전에는 집 앞이 평원이었는데, 지금은 집이
무서운 산꼭대기에 있다! 수평선은 함몰되어 아득히 먼 저
아래로 떠나갔다. 집 앞은 깎아지른 것처럼 바로 수직으로
검은 낭떠러지가 늘어져 있다.

우리는 모두 창가로 모였다…… 공포가 우리 심장을
열었다.

"드디어 왔다…… 드디어 오고 말았다!" 이웃이
중얼거린다. 바라보니 멀리 있는 대지 끝 한쪽에 무엇인가
꿈틀거리기 시작하더니, 둥그런 모양의 작은 언덕들이
높아져 다가오기 시작했다.

모두 다 같이 생각했다. '저건 ─ 바다다! 저것이 조만간
우리를 모조리 삼켜 버릴 것이다. 하지만 저것이 어떻게
여기까지 올 정도로 커질 수 있었을까? 이 절벽 위까지?'

그러나 그것은 점점 더 커지고 거대해진다. 그것은
서로 다른 작은 산들이 멀리서 일렁이는 것이 아니다……
하나의 거대한 연이은 파도가 괴물같이 되어 지평선 전체를

껴안는다.

지금 파도가 날아오듯이 여기로 밀어닥친다! 그것은 얼어 버린 돌풍이 되어 날아오고, 지옥의 어둠이 되어 밀려온다. 주변의 만물이 진동하고, 저기 밀려오는 노도는 폭음, 천둥소리, 그리고 천만의 목소리가 일시에 포효하는 것 같다…… 아아! 이 무슨 포효인가, 이 무슨 외침인가! 이야말로 공포에 질린 지구의 울림이다.

지구의 종말! 만물의 종말!

소년이 다시 한번 중얼거린다. 나는 옆 사람에게 매달리려 했다…… 하나 그때는 이미 검은 잉크처럼 차갑고 으르렁대는 파도로 우리 모두 무너지고, 매장되고, 침몰되어 저 멀리 사라졌다.

어둠…… 영원한 어둠!

가까스로 숨을 내쉬며 잠에서 깨어났다.

— 1878년 3월

마샤

아주 오래전 페테르부르크에 살고 있을 때, 마차를 빌려
탈 때마다 매번 나는 마부와 여러 가지 이야기를 나누었다.

특히 밤거리의 마부들, 교외의 가난한 농부들과
이야기하기를 좋아했다. 그들은 생계 유지와 지주에게 바칠
소작료를 벌기 위해 마르고 볼품없는 말에 작은 황토색
썰매를 끌고 도시로 나왔다.

어느 날 나는 그런 썰매 마차를 빌려 탔다…… 스무 살
정도로 보이는 마부는 당당한 체격의 젊은이였다. 그는
키가 크고, 눈이 파랗고, 볼이 불그스레하다. 그리고 눈썹
바로 위까지 눌러쓴 누더기 모자 밑으로 아맛빛 머리카락이
동글동글 말려 비어져 나왔다. 다 떨어진 누더기 농사꾼
외투가 우람한 양어깨에 제멋대로 걸쳐져 있었다.

그러나 수염 없는 고운 얼굴이 우울하고 수심에 찬 것
같았다.

젊은이와 이야기해 보았다. 그런데 그의 목소리에서도
슬픔이 느껴졌다.

"왜 그러나, 젊은이?" 내가 그에게 물었다. "왜 그리
우울해 보이나? 무슨 슬픈 일이라도 있나?"

젊은이는 바로 대답하지 않았다.

"예, 나리, 그럴 일이 있어요." 마침내 그가 대답했다.
"하긴 말하지 않는 편이 나을지 모릅니다. 제 아내가
죽었습니다."

"사랑했나 보군…… 아내를?"

젊은이는 뒤돌아보지도 않고, 그저 머리만 조금 끄덕였다.

"사랑했지요, 나리. 벌써 아홉 달이 지났지만……
도저히 잊을 수가 없어요. 가슴이 찢어지는 것 같아요……
정말이에요! 제 아내가 왜 죽어야만 했나요? 젊고!
건강했는데!…… 콜레라가 하루 만에 데려갔어요."

"그녀는 착했나?"

"아, 나리!" 불쌍한 젊은이는 힘겹게 한숨을 내쉬었다.
"우린 정말 사이좋게 살았어요! 그런데도 아내가 죽는
걸 보지 못했으니. 여기서 그 소식을 알았을 때는 이미
매장한 뒤였습니다. 저는 급히 시골집으로 달려갔습니다.
집에 도착하니 이미 한밤중이었어요. 집 안으로 들어가 방
한가운데 서서 조용히 불러 보았습니다 ─ '마샤! 이봐,
마샤!' 하지만 귀뚜라미만 울어 댈 뿐이었죠. 마룻바닥에
주저앉아 울었습니다. 손바닥으로 땅바닥을 치며
울었습니다. '이 욕심쟁이 땅 귀신! 아내를 잡아먹다니……
나도 잡아먹어라! 아, 마샤!'"

그는 갑자기 목소리를 낮추며 "마샤!"라고 한 번 더
불렀다. 고삐를 쥔 채, 옷소매로 눈물을 닦아 옆으로 털어
버리고 어깨를 추어올렸다. 더 이상 아무 말이 없었다.

썰매에서 내릴 때, 나는 15코페이카를 더 주었다. 그는
양손으로 모자를 잡고 나에게 공손하게 인사했다. 회색빛

안개로 둘러싸인 텅 빈 정월의 눈길은 매섭게 추웠다. 그는
말을 몰고 천천히 걸어갔다.

— 1878년 4월

바보

옛날 옛적에 바보가 살았다.

오랫동안 그는 편한 마음으로 살아왔다. 그러나 여기저기서 그가 생각 없는 멍청이라는 소문이 조금씩 퍼져 그의 귀에도 들려왔다.

마음이 혼란해진 바보는 이 불쾌한 소문을 어떻게 없앨까 걱정하기 시작했다.

마침내 뜻밖의 생각이 그의 어두운 두뇌 속에서 번뜩였다…… 그는 지체 없이 그 생각을 실행하기로 했다.

길에서 마주친 지인이 어떤 유명한 화가를 칭찬하기 시작했다……

바보가 호통을 쳤다. "그게 무슨 소리요! 그 화가는 이미 오래전 퇴물이 되었소. 모르셨소? 이런 이야기를 하실 줄이야…… 정말 시대에 뒤떨어졌군요." 지인은 깜짝 놀라 이내 바보의 말에 동의했다.

두 번째 만난 다른 지인이 바보에게 말했다. "오늘 나는 참으로 훌륭한 책을 읽었답니다!"

바보가 윽박질렀다. "그게 무슨 소리요! 부끄럽지 않소? 그런 책은 어디에도 쓸모가 없어요. 모두 오래전에 그 책을 내다 버렸어요. 여태 모르셨소? 정말 시대에 뒤떨어지셨군."

이 지인도 깜짝 놀라 바보의 말에 동의했다.

세 번째 친구가 바보에게 말했다. "제 친구 N. N.은 정말 훌륭한 사람이오! 정말 품위 있는 사람이오!"

바보가 호통쳤다. "그게 무슨 소리요! N. N.은 유명한 사기꾼이요! 친척의 재산을 다 빼앗았죠. 이걸 모르는 사람이 어디 있나요? 정말 시대에 뒤떨어졌군요!"

세 번째 지인 역시 깜짝 놀라 바보의 말을 듣고 그 친구와 절교했다. 누구든 무엇이든 옆에서 칭찬을 하면, 바보는 모두 비난 하나로 응수했다.

가끔 비난조로 덧붙였다.

"아직도 권위를 믿나요?"

지인들은 바보에 대해 한마디씩 하기 시작했다. "다혈질이고 신경질적인 친구야! 그런데 머리는 참 좋구먼!"

다른 사람들까지 거들었다. "말을 잘하고! 참 재능 있는 사람이오!"

마침내 한 신문사 발행인이 바보에게 신문의 논설부를 맡아 달라 제안하기에 이르렀다.

그리고 바보는 자기만의 방식과 호통을 조금도 바꾸지 않고, 모든 것과 모든 이들을 비판하기 시작했다.

일찍이 권위에 반항하여 소리치던 바보가 지금은 스스로 권위가 되어 버렸다. 청년들은 그를 숭배하면서도 두려워한다.

하긴 불쌍한 청년들이 무엇을 어떻게 할 수 있을까? 사실 그를 존경할 필요가 없을지라도, 만일 존경하지 않는 사람은 뒤처진 사람이 될 테니까!

겁쟁이들 사이에서 바보들은 살아갈 수 있으리라.

— 1878년 4월

동방의 전설

바그다드에서 우주의 태양, 위대한 자파르를 모르는 자
누구인가?

아주 먼 옛날 어느 날 아직 젊은 자파르는 바그다드
부근을 산보하고 있었다.

갑자기 거친 비명이 들렸다. 누군가 절망적인 소리로
도움을 청하고 있었다.

자파르는 따뜻한 가슴의 소유자로서 또래보다 신중하고
사려 깊은 젊은이였다.

더불어 힘에도 꽤 자신 있었다.

그는 비명으로 향했고 노쇠한 늙은이를 보았다. 보아하니
강도 두 명이 노쇠한 노인을 성곽 벽에 짓누르고 강탈하고
있었다.

자파르는 칼을 빼들고 악당들에게 달려들어, 한 놈을
죽이고 다른 한 놈은 쫓아냈다.

위기에서 벗어난 노인은 은인의 발밑에 엎드려 그의
옷자락에 입을 맞추고 소리쳤다.

"용감한 젊은이, 자네가 베푼 의협심은 반드시 보상받을
것이오. 척 보기에는 내가 거지처럼 보일지 몰라도, 그건
겉모습일 뿐이오. 나는 평범한 사람이 아니오. 내일 아침
일찍 중앙 시장으로 오시오. 분수 옆에서 당신을 기다리고
있겠소. 당신은 내 말의 정당성을 믿게 될 기요."

자파르는 생각했다. '겉보기에는 거지가 확실해 보이지만,

세상일은 모르는 거야. 어쨌든 부딪혀 보자.' 그래서
대답했다.

"알겠습니다. 어르신, 찾아뵙겠습니다."

노인은 그의 눈을 힐끔 보더니 그냥 떠나가 버렸다.

다음 날 아침 동틀 무렵 자파르는 시장을 향해 떠났다.
노인은 대리석 분수대에 팔꿈치를 괴고 이미 와서 그를
기다리고 있었다.

노인은 조용히 자파르의 손을 잡고 사방이 높은 벽으로
둘러싸인 작은 정원으로 데려갔다.

정원 중앙의 푸른 풀밭에는 특이한 모양의 나무가
자라고 있었다. 생긴 것은 삼나무와 흡사했지만, 그 잎만은
하늘색이었다.

위에서부터 구부러진 빈약한 가지에 세 개의 열매, 세
개의 사과가 매달려 있었다. 하나는 적당히 크고 길쭉한
우윳빛깔이고, 또 하나는 둥글고 크며 새빨갛고, 세 번째는
작고 노랗고 쭈글쭈글한 열매였디.

바람 한 점 없는데 나무는 작은 소리로 속삭이고 있었다.
나무는 유리처럼 가늘고 애처로운 소리를 내고 있었다.
나무는 자파르가 다가오고 있는 것을 느꼈다.

"젊은이!"

노인이 말했다.

"저 열매들 중 마음에 드는 것을 따 먹게. 하얀 것을 따

먹으면 누구보다 현명해질 것이고, 빨간 것을 따 먹으면
유태인 로스차일드[1]처럼 부자가 될 거네. 노란 것을
따 먹는다면, 나이 든 여인들의 호감을 사게 될 걸세.
꾸물대지 말고, 결정하게!…… 한 시간이 지나면 열매들은
시들어 버리고, 나무도 소리 없는 대지의 밑바닥으로
가라앉는다네!"

자파르는 고개를 숙이고 생각에 잠겼다.

"어떻게 하지?" 그는 자신에게 질문하듯 조용히
중얼거렸다. "너무 영리해진다면 아마 삶에 싫증이 날 테고,
누구보다 부자가 된다면 남들 모두 시기하겠지. 차라리 세
번째 쭈글쭈글한 사과를 따 먹는 게 낫겠다!"

그는 생각대로 노란 사과를 따 먹었고, 노인은 이빨 없는
입으로 웃음을 지으며 말했다.

"오, 참으로 지혜로운 젊은이! 훌륭한 선택을 했네! 하얀
사과가 무슨 소용이겠는가? 자네는 솔로몬보다 현명해. 빨간
사과 역시 필요 없겠지…… 자네는 그것 없이도 부자가 될
거라네. 부자가 된다 해도, 아무도 자네를 질투하지 않을
거야."

"어르신, 가르쳐 주세요." 자파르는 전율을 느끼며 입을
열었다. "존경하는 우리 은총의 어머니, 칼리프[2]는 어디에
살고 있나요?"

노인은 대지 위에 엎드려 절하고 젊은이에게 길을 가르쳐

주었다.

바그다드에서 우주의 태양이자 위대하고 저명한 자파르를
누가 모르겠는가?

— 1878년 4월

---

1 로스차일드(Nathan Mayer Rothschild, 1777~1836)는 유대계 국제적
   금융 자본가로서 1804년에 로스차일드 은행 지점을 런던에 개설하여
   전쟁 금융 조달로 큰 재산을 모았다.
2 정치와 종교 권력을 가진 이슬람교의 지배자.

두 편의 사행시

언젠가 어느 도시가 있었다. 그 도시인들은 시(詩)를 너무 좋아해, 몇 주가 지나는 동안 새로운 아름다운 시들이 탄생하지 않으면, 이런 시의 흉작을 사회적인 불행으로 여겼다.

그럴 때 그들은 제일 나쁜 옷을 입고, 머리에 재를 뿌리고, 광장에 모여 울면서, 그들을 버리고 떠난 뮤즈에게 통곡하면서 슬픔을 호소했다.

이와 비슷한 불행한 날에 젊은 작가 유니는 슬픔으로 가득 찬 군중이 모인 광장에 나왔다.

그는 특별히 마련된 연단에 경쾌한 걸음으로 올라갔다. 그리고 시를 낭송하고 싶다는 신호를 보냈다.

릭토르(lictor)[1]들은 바로 방망이를 휘둘렀다.

"조용히들 하시오!" 그들이 큰 소리로 외쳤다. 그러자 군중은 이내 잠잠해져서 기다렸다. 유니는 소리만 컸지 아직 자신 없는 목소리로 말을 꺼냈다.

"친구들! 동지들! 친구들! 동지들! 시의 애호가들이여!

조화와 아름다움의 숭배자들이여!

어두운 슬픔의 순간에도 당신들의 마음은 흔들리지 않을 것이오!

바라는 순간은 찾아올 것이고…… 빛은 어둠을

몰아내리라!"

유니가 말을 끝냈다. 그러자 그에 대한 응답으로 광장이
시끄러워지더니 곳곳에서 휘파람과 폭소가 터졌다.

그를 바라보던 모든 얼굴은 분노로 불탔고, 모든 눈은
증오로 번쩍였으며, 모든 손은 하늘을 향해 주먹으로
위협을 가했다.

"고작 그 정도로 놀라게 할 참이냐!" 분노하는
목소리들이 으르렁거렸다. "재능 없고 서툰 저 엉터리
시인을 당장 연단에서 끌어내라! 저 바보 녀석을 쫓아내라!
썩은 사과와 상한 계란으로 저 못난 놈을 쳐! 돌을 이리 줘!
빨리 돌을 이리 내!"

유니는 연단에서 굴러떨어졌다. 하지만 그가 도망쳐
아직 자기 집에 도착하기도 전인데 열광하는 박수 소리와
환호성이 귀에 들려왔다.

어리둥절해진 유니는 아무도 눈치채지 못하게(성난
야수를 자극하는 것은 위험천만한 일이기 때문에)
주의하면서 광장으로 되돌아왔다.

과연 그는 무엇을 보았을까?

군중의 머리 위 높이, 그들의 어깨 위에 있는 평온한 황금
난간을 밟고 자줏빛 망토를 걸치고 곱슬머리 위에 월계관을
쓰고 서 있는 자는 경쟁자인 젊은 시인 율리였다. 군중은

그를 둘러싸고 외치고 있었다.

"영광! 영광! 불멸의 율리에게 영광 있기를! 우리의
슬픔을, 위대한 슬픔을 잠재운 그대여! 그는 꿀보다
달콤하고 심벌즈 소리보다 창창하며, 장미꽃보다 향기롭고,
하늘의 푸르름보다 맑은 시를 우리에게 주었다. 그를 성대히
모셔라, 그의 영감 어린 머리에 향수를 뿌리고, 종려나무
가지를 흔들어 그의 이마를 식혀라! 그의 발밑에 향기로운
아라비아의 몰약을 모두 뿌려라! 영광 있기를!"

유니는 영광을 외치는 한 사나이 곁으로 다가섰다.

"여보시오, 말해 주시오! 대체 어떤 시로 율리가
사람들에게 행복을 안겨 주었소? 말 좀 해 주오. 그가
시를 낭송할 때, 억울하게도 나는 여기 없었소. 혹시 아직
기억하고 있다면 한 구절 들려주시겠소? 부탁이오."

"그런 훌륭한 시를 어찌 잊을 수 있겠소." 남자는 열렬한
어조로 대답했다. "당신은 대체 나를 어떻게 보는 것이오?
들어 보시오. 그리고 기뻐하시오. 우리와 함께 기뻐하시오."

"'시의 애호가들이여!' 이렇게 신성한 율리가 시작했소!"

시의 애호가들이여! 동지들이여! 친구들이여!
조화롭고 아름답고 섬세한 모든 것을 숭배하는 자들이여!
무거운 비애의 순간은 당신들을 뒤흔들지 못할 것이오!
원하는 순간은 찾아올 것이고 ─ 낮은 밤을 쫓아내리라!

자, 어떻소?"

"이건 말도 안 돼!" 유니가 소리쳤다. "그건 내 시란 말이오! 율리 녀석, 아마 아까 내가 낭송할 때 군중 속에 있었던 거야. 그걸 듣고 몇 마디 표현을 바꾸어, 그것도 아주 서툰 솜씨로 바꾸어 똑같이 반복하다니!"

"아하, 이제 보니 알겠네…… 당신 유니군그래!" 그 때문에 멈춰 선 시민이 눈썹을 찌푸리고 반박했다. "질투쟁이, 아니면 바보로군!…… 불쌍한 놈, 이거 하나라도 생각해 봐! 율리의 시는 '낮은 밤을 쫓아내리라!…….'라고 되어 있네. 그런데 자네 시는 무슨 말도 안 되는 소리인지. '빛은 어둠을 몰아내리라!'라고? 도대체 무슨 빛이란 말이야?! 무슨 어둠이란 말이야?!"

"다 똑같은 소리 아닌가요……." 유니는 대답하려 했다.

"어디 한마디만 더 해 봐." 시민이 그의 말을 막았다. "사람들에게 소리칠 테니!…… 그러면 너는 갈기갈기 찢길 거다!"

유니는 현명하게도 입을 다물었다. 하지만 그때 그 남자의 대화를 엿들은 백발노인이 불쌍한 시인 곁으로 걸어와 어깨에 손을 얹으며 말했다.

"유니! 자네는 자네 시를 낭독했소이다. 다만 때를 만나지 못한 것뿐이오. 저 남자는 남의 것을 읽었지만, 그건 알맞은 때를 만난 거요. 그 때문에 그가 옳았소. 그리고 자네는 이제 스스로의 양심을 위로할 일만 남아 있소."

하지만 아직 그 양심은 할 수 있는 만큼, 할 줄 아는 만큼, 그를 위로하고 있었으나 아직은 충분하지 않았다. 사실대로 말하자면 양심은 한쪽에서 위축되어 있는 유니를 위로하고 있었다. 저 멀리 엄청난 물결의 환호 사이로 막강한 태양의 황금빛 먼지 속에서 진홍색으로 반짝이며 물결치는 풍부한 향료의 물결 사이로 월계수 잎이 어두워진다. 마치 왕국을 걷는 왕처럼 느린 속도로 위대하게 우월하고 곧게 핀 율리의 몸의 형태가 부드럽게 움직였다…… 그리고 긴 종려나무 가지들은 번갈아 가며 순종하듯 고개를 숙였다. 시민들이 자신의 마음을 채워 주고 매료시킨 율리에게 끊임없이 다시 시작되는 숭배를 보여 주듯 차례대로 고개 숙이는 것 같았다!

— 1878년 4월

---

1 릭토르(lictor)는 고대 로마의 관리로 왕이나 집정관을 따라다니면서 보좌했다.

참새

　사냥에서 돌아와 정원의 가로수 길을 걸었다. 그때 개 한 마리가 내 앞으로 달려왔다.

　갑자기 개가 걸음을 늦추더니 날짐승의 냄새를 맡기라도 하듯 살금살금 다가가기 시작했다.

　가로수를 따라가다 눈을 돌리니 작은 참새 새끼 한 마리가 눈에 보였다. 입부리 주변이 노랗고 머리에 솜털이 난 참새 한 마리를 발견했다. 바람이 세차게 불어 가로수 길 자작나무를 강하게 흔들었다. 그때 참새가 둥지에서 떨어졌다. 이제 막 날아 보려 한 참새 새끼가 날개를 편 채 힘없이 꼼짝 않고 앉아 있었다.

　개가 서서히 다가갔을 때, 갑자기 가까운 나무에서 가슴털이 검은 어미 참새 한 마리가 개의 콧등 앞으로 돌멩이처럼 날아들었다. 그러고는 모든 털을 곤두세우고 애처로운 소리로 필사적으로 울어 대면서, 이빨을 드러내고 주둥이를 벌리고 있는 개를 향해 두어 번 덤벼들었다.

　이미 새가 새끼를 구하기 위해 돌진했고, 자기 몸을 희생하면서 새끼를 구하려 한 것이다…… 그런데 그 작은 몸뚱이는 공포로 벌벌 떨었고, 어미 새의 가냘픈 목소리는 거칠게 쉬어 버렸다. 어미 새는 끝내 기절하고 말았다. 자기 몸을 희생한 것이다!

　참새에게는 개가 얼마나 큰 괴물로 보였을까! 그렇지만 참새는 안전하고 높은 나뭇가지에 앉아 있을 수만은

없었다…… 참새의 의지보다 더 강한 어떤 힘이 참새를 날아
내려오게 만들었다.

나의 개 트레조르는 멈추어 섰고, 슬슬 뒷걸음질 치기
시작했다…… 개도 그 힘을 인정한 모양이다.

나는 어리둥절해하는 개를 급히 불렀고, 존경 어린
경건한 마음으로 자리를 떴다.

그렇다! 웃을 일이 아니다. 이 영웅적인 작은 새에 대해,
그 사랑의 충동과 돌진에 대해 경건한 마음이 들었다.

생각해 보니, 사랑은 죽음보다, 죽음의 공포보다 더
강하다. 삶은 사랑에 의해서만 유지되고 움직인다.

— 1878년 4월

해골들

　화려하고 찬란하게 빛나는 홀에 수많은 신사들과 숙녀들.
　모든 얼굴에 생기가 돌고, 말들도 활기차다…… 어느
유명한 여류 가수에 대한 공허한 이야기로 시끌시끌하다.
그녀를 여신이나, 불후의 천재라 부른다…… 오, 어젯밤
그녀의 마지막 목소리는 얼마나 훌륭했던가!
　그때 갑자기 요술 지팡이에 홀린 것처럼 모든 머리와
얼굴로부터 엷은 살이 날아가 버리고, 순식간에 시체의
하얀 해골이 나타났다. 노출된 이뿌리와 광대뼈가 푸르고
창백한 주석 빛으로 아물거렸다.
　이뿌리와 광대뼈가 아물아물 움직이는 것을 보고 공포를
느끼며 보고 있었다. 촛불과 램프 빛을 받고 공 모양의
울룩불룩한 뼈가 반들거리며 움직이고, 그 속의 무표정한
눈동자들이 빙빙 돌아간다.
　나는 내 얼굴을 만져 볼 용기조차 없고, 거울을
들여다보고 싶지도 않았다.
　하나 해골은 전처럼 빙빙 돌아간다…… 그리고 드러낸
이빨 밑으로부터 빨간 조각처럼 번쩍이는 재빠른 혓바닥이
아까처럼 똑같이 더듬더듬 지껄인다. 불후의 천재…… 그래
불멸의 여가수가 부르는 마지막 노래는 참으로 놀랍고
모방하기 어려운 소리였다!

── 1878년 4월

노동자와 흰 손

대화

노동자: 왜 우리한테 끼어들어 오는 거야? 무슨 일인데?
　　　　당신은 우리 편이 아냐……. 저리 가!

흰 손: 형제들, 나는 당신들 편이야!

노동자: 말도 안 돼! 우리 편이라고! 꾸며 대지 마! 우리
　　　　손 좀 봐. 얼마나 더러운가? 거름 냄새와 타르
　　　　냄새까지 나잖아. 그런데 당신 손은 하얗잖아.
　　　　손에서 무슨 냄새가 나는데?

흰 손: (손을 내밀며) 맡아 보게.

노동자: (냄새를 맡으며) 참 이상하네. 쇠붙이 냄새가
　　　　나네.

흰 손: 쇠 냄새 맞아. 전부 6년 동안이나 쇠고랑을
　　　　찼으니까.

노동자: 왜?

흰 손: 당신들 이익을 위해 싸웠거든. 무지몽매한 당신
　　　　같은 자들의 자유를 위해 압제자에 반대하여
　　　　일어나 폭동을 일으켰지……. 그래서 나를 감방에
　　　　가두었다네.

노동자: 감방에 갔었다고? 폭동을 일으키다니
　　　　제멋대로군!

2년 후

그 노동자: (다른 인부에게) 어이, 표트르! 재작년
여름에 손이 하얀 놈이 찾아와 우리하고
얘기했던 일 기억나?

다른 노동자: 기억나지…… 그런데 왜?

그 노동자: 오늘 그자가 교수형을 당한다네. 포고문이
붙었어.

다른 노동자: 역시 폭동을 일으켰나 봐?

그 노동자: 역시 그런가 보네.

다른 노동자: 그래…… 그건 그렇고, 미트랴이 형제,
그자의 목을 맨 밧줄을 어떻게 구할 수
없을까……
그게 굉장한 행운을 집에 가져다준다는
거야!

그 노동자: 옳은 말이네. 표트르 형제여, 손써봐야지.

— 1878년 4월

장미

8월 마지막 날…… 벌써 가을이 다가왔다.

해가 저물었다. 갑자기 몰아치는 소나기가 천둥 번개도 없이 지금 막 이 넓은 들판 위를 급히 지나갔다.

집 앞의 번쩍이던 정원은 연기를 내며 불타올랐다. 저녁노을빛과 넘쳐나는 비로 모든 것이 침수되는 듯했다.

그녀는 응접실 테이블 뒤에 앉아 계속 깊은 생각에 잠겨 반쯤 열린 문틈으로 정원을 내다보고 있었다.

그때 그녀의 영혼에 떠오른 생각이 무엇인지 나는 알았다.

나는 알았다. 이 순간 그녀는 잠시나마 자신을 괴롭히는 싸움에, 더 이상 감당할 수 없는 감정에 자신을 내맡겼음을.

그녀는 갑자기 몸을 일으켜 정원으로 재빨리 나가더니 사라졌다.

한 시간이 지나고, 두 시간이 지나도 그녀는 돌아오지 않았다.

그때 나도 일어나 집 밖으로 나갔고, 그녀가 갔으리라 짐작되는 오솔길을 따라나섰다.

사방이 어두워졌고, 이미 밤이 와 버렸다. 그런데 넓게 펼쳐진 짙은 안개 속 축축한 오솔길 모래 위에 선명하게 둥글고 붉은 무엇인가가 떨어져 있었다.

나는 몸을 굽혔다…… 이제 겨우 피기 시작한 아주 어린 장미 봉오리였다. 두 시간 전 그녀의 가슴 위에 꽂혀 있던 장미였다.

진흙 속에 버려진 장미를 조심스레 주워 들고 응접실로 돌아오자마자, 그녀의 의자 앞 테이블 위에 올려놓았다.

마침내 그녀도 돌아왔다. 가벼운 발걸음으로 들어와 방들을 지나치더니 테이블 앞에 걸터앉았다.

그녀의 얼굴은 약간 창백했으나 생기가 돌았다. 즐겁지만 당황스런 시선으로 어딘지 작아 보이는 눈을 아래로 내린 채 재빨리 사방을 둘러보았다.

그녀는 장미를 보았고, 그것을 손에 들었다. 쭈그러지고 더러워진 장미 꽃잎을 보다 나를 바라보았다.

그러자 그녀의 눈이 갑자기 움직이지 않았고, 눈물로 반짝반짝 빛났다.

"무슨 일로 우시나요?" 내가 물었다.

"여기 이 장미 때문이에요. 장미가 어떻게 되었나 보세요."

그때 나는 의미심장한 말이 하고 싶었다.

"당신의 눈물이 장미꽃의 진흙을 씻길 겁니다."

나는 의미심장하게 말했다.

"눈물은 씻겨 주지 못해요. 눈물은 불태우는 거예요."

그렇게 대답한 그녀는 난롯가로 돌아서더니 꺼지려는 불꽃 속에 꽃을 던져 버렸다.

"불이 눈물보다 더 잘 태울 거예요." 여인은 망설임 없이 큰 소리로 말했다.

그리고 눈물로 반짝이는 아름다운 눈이 무모할 정도로 행복하게 웃어 보였다.

그녀도 불타 버렸음을 나는 알아차렸다.

─ 1878년 5월

Yu. P. 브레브스카야 부인을 추모하며[1]

폐허가 된 불가리아의 작은 마을이다. 야전병원으로
급조된 낡은 창고에 악취 풍기는 축축한 짚단을 깐 진흙
위에 그녀는 벌써 두 주 넘게 티푸스에 걸려 죽어 가고
있었다.

그녀는 의식이 없었다. 어떤 의사도 그녀를 돌보지
않았다. 그녀가 아직 두 발로 걸어 다닐 때 그녀의 간호를
받았던 아픈 병사들이 그녀의 입술을 축여 주려 한다.
병사들은 그녀의 입술을 축이기 위해 깨진 그릇 조각으로
몇 방울의 물을 받아 그녀의 입술로 가져갈 수 있었다.

그녀는 젊고 아름다웠다. 상류사회도 그녀를 알았다.
심지어 고관대작들도 그녀의 소식을 물어보았다. 귀부인들은
그녀를 부러워했고, 남자들은 그녀의 뒤꽁무니를
쫓아다녔다…… 두세 명의 남자들은 남몰래 그녀를 깊이
사랑했다. 삶이 그녀에게 미소를 보냈다. 그러나 가끔 미소가
눈물보다 못할 때가 있다.

상냥하고 온화한 마음…… 그리고 뜨거운 희생정신,
강인한 힘! 도움을 필요로 하는 사람들에 대한 도움……
그녀는 다른 행복을 몰랐다…… 알지도 못했고, 또
알려고도 하지 않았다. 그러는 사이 다른 모든 행복이
그녀를 스쳐 지나가 버렸다. 그러나 오래전부터 그녀는 그런
신념으로 살아왔다. 꺼지지 않는 신앙심으로 모든 것을

불태우며 이웃에 대한 봉사에 헌신해 왔다.

영혼 깊숙이 마음속 깊이 그녀가 어떤 비밀을 간직했는지, 아무도 아는 사람은 없었다. 이제는 더더욱 알 길이 없다.

이 모든 게 무슨 의미가 있나? 희생은 치루어졌고, ……할 일은 이미 끝났는데.

그러나 그녀의 시신 앞에서조차 아무도 감사를 표하지 않았다는 생각에 고통스럽다. 물론 그녀 자신은 어떤 감사도 부끄러워하며 멀리했지만.

사랑스런 영혼이여, 내가 당신 무덤에 바치는 이 때늦은 꽃을 미워하지 마시오.

— 1878년 9월

---

1 이 산문시는 율리야 페트로브나 브레브스카야(1841~1878) 남작 부인에게 바쳐진 것이다. 일찍 남편과 사별한 그녀는 1877년 여름 러시아·터키 전쟁 당시 간호사로 자원하여 활약하다 1878년 1월 말 불가리아에서 병사했다. 투르게네프는 그녀와 가까운 사이였고, 두 사람이 마지막으로 만난 것은 그녀가 간호사를 시작하기 직전인 1877년 여름이었다.

마지막 만남[1]

옛날 우리는 아주 친한 친구였다…… 그런데 불행한 순간이 찾아오자, 우리는 원수처럼 헤어졌다.

오랜 세월이 흘렀다…… 우연히 그가 산다는 도시에 들렀다.

중병을 앓고 있던 그가 나를 보고 싶어 한다는 소식을 들었다.

그 집으로 찾아가, 그가 있는 방 안으로 들어갔다…… 서로 시선이 마주쳤다.

나는 그를 겨우 알아보았다. 아! 병이 그를 비참하게 만들어 놓았다! 머리카락이 다 빠져 버린 머리, 초라하게 늘어진 회색 턱수염, 깡마르고 누런 얼굴의 친구는 찢어진 루바시카 한 장만 걸치고 앉아 있다…… 아무리 가벼운 옷 무게라도 감당해 낼 수 없어 보였다. 친구는 살을 깎아 낸 듯 깡마른 손을 발작적으로 내민다. 전혀 알아들을 수 없는 말을 서너 마디 열심히 중얼거렸다. 인사를 하는 건지, 비난을 하는 건지 분명치 않다. 잉싱한 가슴을 겨우 들먹인다. 생기 없는 눈의 오므라든 눈동자 위로 고통스런 눈물 두 방울이 흘러내렸다.

가슴이 철렁했다…… 너무 무섭고 처참하게 변한 친구의 모습이었다.

친구 옆 의자에 앉아 나도 모르게 시선을 내리깔며 나 역시 그에게 손을 내밀었다.

그러나 나는 내 손을 잡은 것이 친구 손으로 생각되지 않았다.

흰옷을 입은 키 크고 조용한 여인이 우리 사이에 앉아 있는 것처럼 느껴졌다. 긴 옷이 머리끝에서 발끝까지 그녀를 뒤덮고 있다…… 그녀의 깊고 창백한 눈은 어디를 보는 것도 아니고, 창백하지만 근엄한 입술은 한 마디 말도 내뱉지 않는다…….

바로 이 여인이 우리 손을 마주 잡게 했다…… 그녀가 우리를 영원히 화해시켰다.

그렇다, 죽음이 우리를 화해시킨 것이다…….

— 1878년 4월

1 여기서 옛 친구는 러시아의 유명한 민중 시인 니콜라이 네크라소프 (1821~1878)다. 투르게네프와 네크라소프는 투르게네프가 오랫동안 작품을 발표해 온 저널 《현대인》의 주간이었다. 두 사람은 도브롤류보프(1836~1861)가 쓴 『전야』 평론과 『아버지와 아들』 사건을 계기로 결별하게 되었다. 둘의 마지막 만남은 1877년 5월 투르게네프가 파리에서 페테르부르크로 돌아왔을 때 친구들의 주선으로 이루어졌다.

문지방[1]

정말 큰 건물이 보인다.

앞쪽 벽으로 좁은 문이 활짝 열려 있다. 문 뒤로 음산한 안개가 자욱하다. 높은 문지방 앞에 여자가 서 있다…… 러시아 여자다.

앞이 안 보일 정도로 안개가 냉기로 숨 쉬고 있다. 얼어붙을 것 같은 냉기가 흐르고, 건물 안으로부터 굵직한 목소리가 느릿느릿 울려 퍼진다.

"오, 이 문지방을 넘고 싶은가 봐. 무엇이 너를 기다리는지, 알고 있나?"

"알아요." 여자가 대답한다.

"추위, 배고픔, 증오, 조소, 멸시, 모욕, 감옥, 병, 그리고 바로 죽음이라는 걸 아나?"

"압니다."

"완전한 소외와 외로움이라도 좋은가?"

"알아요…… 각오하고 있습니다. 어떤 고통이라도 어떤 채찍질이라도 모두 참아 낼 겁니다."

"적들뿐만 아니라, 육친과 친구들 때문에 그렇다면?"

"예…… 그것도 알아요."

"좋아, 희생할 각오가 된 거지?"

"예."

"이름 없는 희생인데 좋은가? 네가 죽는다 해도 ─ 아무도…… 아무도 누구의 명복을 빌어야 할지

모를 텐데!……."

"저는 감사도 동정도 필요 없어요. 이름도 필요 없어요."

"죄지을 각오도 되었느냐?"

여자가 고개를 숙였다…….

"죄도 각오하고 있어요."

목소리는 잠시 사이를 두고 질문했다.

마침내 그가 말하기 시작했다. "지금 네가 믿는 것에 환멸이 올 수 있음을 잘 알잖아? 그 믿음이 기만이고, 젊음을 헛되이 파멸시킨다는 것을 언젠가 알게 되잖아?"

"그것도 알아요. 그래도 저는 들어가고 싶습니다."

"들어와라!"

여자가 문지방을 넘어서자 ─ 그녀 등 뒤로 무거운 막이 내려졌다.

"바보 같은 년!" 누군가가 뒤에서 이를 갈았다.

"성녀다!" 응답하는 소리가 어디선가 울려 퍼졌다.

─ 1878년 5월

1 「문지방」은 투르게네프의 산문시 중 가장 먼저 외국어로 번역되었다.
프랑스 신문《정의》(1883년 10월 21일 자)에 처음 실린 지 두 달 만에
일본어로 번역되었다. 일본에서는 1883년에, 한국에서는 1914년
「문어구」('문어귀'의 북한어)라는 제목으로 번역되었다. 이 작품은
사회의식을 갖고 투쟁의 대열에 참가하려는 한 처녀와 그녀가
들어가려는 혁명 세계를 지키는 어떤 절대적 목소리와의 대화로
이루어진 '민중 혁명시'다. 이 산문시의 직접적인 동기는 여성 혁명가
베라 자술리치(1849~1919)의 테러 사건이다. 베라는 경시총감
트레포프가 정치범 보골류보프에게 가혹한 체벌을 가하자 이를 보고
분격한 나머지 1070년 1일 그를 총격하여 부상을 입혔나. 이 사건은 배심
재판 결과 무죄가 되었다.

방문

나는 열린 창문 옆에 앉아 있었다…… 아침, 5월 초하루 이른 아침이다.

아직 서광이 밝아 오지 않았다. 하지만 어둠은 이미 창백해졌고, 어둡고 따스한 밤이 밝아지고 있었다.

안개도 끼지 않았고, 바람도 불지 않았다. 모든 것이 단조로운 색에 고요하기만 했다…… 그래도 눈뜰 시간이 다가오고 있음을 느꼈다. 엷어지는 공기 속에서 아침 이슬의 강한 습기 냄새가 났다.

갑자기 커다란 새가 열린 창문을 통해 가볍게 날개를 팔랑이면서 내 방으로 날아들었다.

나는 깜짝 놀라 자세히 바라보았다…… 그것은 새가 아니라 날개 달린 작은 여인이었다. 몸에 착 달라붙은 기다란 옷, 파도 문양의 주름이 잡힌 옷을 입고 있었다.

그녀의 온몸이 회색빛 나는 진주색으로 빛났다. 다만 날개 안쪽은 장미 꽃망울의 연한 붉은빛으로 물들어 있었다. 은방울꽃의 화관은 그녀의 성긴 곱슬머리를 살포시 누르고 있었다. 예쁘게 튀어나온 이마에 나비 더듬이 모양의 공작새 날개들이 위아래로 살랑이고 있었다.

여인은 천장 아래를 재빠르게 두 번 날았다. 작은 얼굴은 온통 미소로 꽃피었다. 맑고 커다란 검은 눈 역시 미소 지었다.

즐거운 듯 생기 넘치는 그녀의 비상은 다이아몬드 눈빛을 사방으로 흩뿌렸다.

여인은 긴 줄기의 들꽃을 손에 들고 있었다. 러시아인들은
그 꽃이 차르 지팡이를 닮았다고 '황제 지팡이(帝笏草)'라
부른다.

여인은 머리 위를 재빠르게 비행하면서 그 꽃으로 내
머리를 스쳤다.

나는 그녀에게 급히 달려갔다…… 하지만 여인은 어느새
창밖으로 날아가 버렸다.

라일락 관목으로 가득한 정원에서 산비둘기 한 마리가
울면서 여인을 처음으로 반겼다. 그녀가 숨은 곳은 우윳빛
하얀 하늘에서 점차 붉은 하늘로 바뀌어 갔다. 환상의
여신이여, 나는 그대를 알고 있소! 그대는 우연히 나를
방문한 후, 젊은 시인들에게 날아가 버렸다.

아, 시(詩)여! 청춘이여! 처녀의 생기 넘치는
아름다움이여! 그대는 오직 한순간만 내 앞에서
빈짝였구나, 이른 봄날, 이른 아침에!

— 1878년 5월

필요, 힘, 자유

돈을새김 작품

어두운 안색의 키 크고 앙상한 노파가 생기 없는 멍한 눈으로 한 걸음 한 걸음 크게 걷고 있다. 노파는 막대기처럼 깡마른 손으로 앞에 있는 다른 여자를 떠밀고 있다.

무지하게 큰 키에 강해 보이는 그 여자는 살이 투실투실한 모습이다. 그녀의 근육은 마치 헤라클레스 같았다. 황소 같은 목 위에 아주 작은 머리통을 올려놓은 맹인이었다. 이 여자 역시 앞에 선 야위고 작은 소녀의 등을 떠밀고 있다.

이 소녀만 눈을 뜨고 있다. 그녀는 몸을 뒤로 기대고, 뒤로 몸을 돌리기도 하고, 아름답고 가녀린 팔을 휘젓기도 한다. 그녀의 생기 있는 얼굴에는 초조와 용기가 나타난다…… 소녀는 복종하고 싶지 않았다. 그녀는 떠밀리는 방향으로 걷고 싶지 않았다…… 결국에는 복종하고 그대로 따라 걷지 않을 수 없다.

필요, 힘, 자유(Necessitas, Vis, Libertas).

원하는 자는 번역해 보라.

— 1878년 5월

66

자선

어느 대도시 근처 대로를 따라 병든 노인이 걷고 있었다.
그는 비틀거리며 걸었다. 그는 앙상한 다리를 질질 끌며
주춤주춤 걷는다. 남의 다리인 양 힘없이 무겁게 다리를
옮겼다. 몸에는 누더기 옷을 걸치고, 벗겨진 대머리를 가슴
아래로 떨구고는…… 그는 지칠 대로 지쳐 있었다…….

노인은 길가에 있는 돌 위에 앉아 몸을 웅크렸다.
팔꿈치를 무릎에 올려놓고 두 손으로 얼굴을 가렸다.
구부러진 손가락 사이로 눈물이 마른 회색 먼지 위에 뚝뚝
떨어졌다…….

그는 회상했다……

옛날에는 그가 얼마나 건강하고 부유했던가를 회상했다.
얼마나 건강을 낭비했던가를 회상했다. 적이든, 친구든
할 것 없이 얼마나 재산을 뿌렸는가를…… 그런데 지금
그에게는 빵 쪼가리 하나 없다. 그는 모두에게 버림받았다.
그것도 적보다 친구에게 먼저…… 과연 진정으로 그가
자비를 구걸할 만큼 비굴해져야 한단 말인가? 그는 마음이
쓰리고 부끄러웠다.

하나 방울방울 떨어지는 눈물이 먼지 이는 회색 땅을
얼룩지게 한다. 노인은 갑자기 누군가 자기 이름을 부르는
소리를 들었다. 그는 지쳐 버린 머리를 쳐들었다. 전혀
모르는 자가 앞에 서 있었다.

그 얼굴은 침착하고 진실했지만 엄하지 않았다. 눈은

빛나지 않았지만 맑았다. 시선은 날카로웠으나 악의는
없었다.

"재산을 모조리 나누어 줘 버렸군." 차분한 목소리가
들렸다…… "그런데 설마 자기가 좋은 일 한 것을
후회하지는 않겠지?"

"후회하지 않습니다." 노인은 한숨을 쉬며 대답했다.
"여기서 지금 이렇게 죽어 갈 뿐입니다."

낯선 자가 말을 계속했다. "이 세상에 너에게 손 벌리는
거지들이 없었다면, 너는 누구에게도 선행을 실천할 수
없었을 것 아닌가?"

노인은 아무런 대답 없이 생각에 잠겼다.

낯선 자가 다시 말하기 시작했다. "불쌍한 사람! 그러니
지금 너무 건방 떨지 말고, 나가서 손을 벌려, 그래서 다른
선량한 사람들에게 선행을 베풀 기회를 주란 말이야."

노인은 몸을 떨더니 눈을 들었다…… 그러나 낯선 자는
이미 거기 없었다. 다만 저 멀리 길 위로 지나가는 행인이
보였다.

노인은 그에게 가까이 다가가, 손을 내밀었다. 그 행인은
싸늘한 모습으로 외면한 채 아무것도 주지 않았다.

그러나 그 행인이 간 뒤 다른 사람이 찾아왔고, 이 사람은
노인에게 약간의 자선을 베풀었다.

노인은 받은 동전으로 빵을 샀다. 구걸로 얻은 빵이

특별히 맛있었다. 그의 마음은 조금도 수치스럽지 않았다.
대신 조용한 기쁨이 가슴에 차올랐다.

— 1878년 5월

벌레

창문을 열어 놓은 넓은 방에 우리들 스무 명 정도가 함께
앉아 있는 꿈을 꾸었다.

우리 중에는 여자들, 아이들, 노인들도 있었다⋯⋯
우리는 모두 어떤 유명한 물체에 대해 이야기하고 있었는데,
이야기는 시끄럽고 알아듣기 힘들었다.

갑자기 바스락거리며 거칠게 떠는 소리가 나더니
큼지막한 벌레 한 마리가 방 안으로 날아 들어왔다⋯⋯.
길이는 5센티미터쯤 되어 보이는 것이 날아 들어와 방 안을
빙빙 돌더니 벽에 탁 붙었다.

벌레는 파리나 땅벌을 닮았다. 몸통은 흑갈색이고
평평하고 딴딴한 날개도 같은 색이다. 양쪽으로 벌어진
털투성이 발에 모나고 큰 머리는 꼭 잠자리 같았다.
대가리도 발도 마치 피투성이가 된 것처럼 새빨갛다.

이 이상한 벌레는 끊임없이 머리를 위아래, 왼쪽
오른쪽으로 돌려 대며 발을 움직였다⋯⋯ 갑자기 벽에서
떨어져 바스락거리며 방 안을 날아 돌아다니다 다시 벽에
붙어 앉더니 이제 그 자리에서 기분 나쁘고 구역질 나게
살짝 꿈틀댔다.

그 벌레는 우리 모두에게 혐오감, 두려움, 심지어
공포심을 불러일으켰다⋯⋯ 우리 중 누구도 이전에 그런
벌레를 본 사람이 없었다. 우리 모두 소리를 질렀다.

"이 괴물을 밖으로 쫓아 버려!"

그러나 멀리서 손수건만 내두를 뿐이었다…… 아무도
다가갈 용기가 없었다…… 벌레가 날아오르자 모두
본능적으로 물러섰다.

다만 우리 중 한 사람, 얼굴이 파리한 젊은이만 영문을
모르겠다는 표정으로 우리 모두를 돌아보았다. 그는 어깨를
으쓱이며 웃어 보였다.

도대체 무슨 일이 일어났기에 우리가 이렇게 야단법석을
떠는지 이해할 수 없었다. 그는 그 벌레를 보지 못했고, 그
벌레의 불길하게 바스락거리는 날개 소리도 듣지 못했다.

갑자기 벌레는 그에게 시선을 휙 돌리는 것 같더니 별안간
그에게로 날아가 눈두덩을 쏘았다…… 젊은이는 들릴 듯 말
듯한 신음을 뱉더니, 그 자리에 쓰러져 죽었다.

이내 무서운 파리가 날아갔다. 그제야 우리는 어떤
손님이 찾아왔었는지 알아차렸다.

— 1878년 5월

양배추국

시골 마을의 과부 할머니 집 최고 일꾼인 스무 살짜리
외아들이 죽었다.

마을의 여자 지주가 할머니의 슬픈 소식을 듣고 장례식
날 그 집을 방문했다.

그녀는 집에서 할머니를 만났다.

할머니는 집 한복판 탁자 앞에 서서 오른손을 천천히
움직이며(왼손은 힘없이 축 늘어져 있었다.) 연기에 그을린
항아리 바닥에서 멀건 양배추국을 떠서 한 술 두 술 입으로
가져갔다.

할머니의 얼굴은 말라빠지고 검게 죽어 있었다. 빨갛게
충혈된 눈은 퉁퉁 부어 있었으나…… 몸만은 교회에서처럼
단정한 자세를 열심히 유지했다.

'맙소사!' 여자 지주는 생각했다. '이 순간 음식을
먹을 수 있다니…… 아니, 저 사람들의 감정이란 참으로
무정하구나!'

그러자 여자 지주는 갑자기 생각이 났다. 몇 년 전 생후
9개월 된 딸애를 잃었을 때, 너무 슬퍼서 페테르부르크
교외에 빌리기로 한 아름다운 다차[1]를 취소하고 여름 내내
시내에서 보냈던 일이 생각났다.

할머니는 계속해서 양배추국을 먹고 있었다.

마침내 여자 지주는 더 이상 참을 수가 없었다.

"타치아나!" 여자 지주가 말했다. "생각해 봐요! 나는

놀랐어! 그래 아들을 사랑하기는 했나요? 이럴 때 어떻게
식욕이 난단 말이오? 어떻게 양배추국을 먹을 수 있단
말이야!"

"내 바샤는 죽었어요." 할머니는 조용히 말했다. 그러자
다시 비통한 눈물이 푹 파인 양 볼을 따라 흘러내렸다.
"나도 끝입니다 — 생매장을 당한 거죠. 그렇다고
양배추국을 버릴 수는 없잖아요. 소금을 뿌렸는데."

여자 지주는 그저 어깨만 흠칫하더니 밖으로 나가
버렸다. 그녀에게 소금은 아주 싼 것이었다.

— 1878년 5월

1   다차는 러시아에서 볼 수 있는 간이 별장과 텃밭이다. 러시아인들은
    주말이나 휴양 철에 가족 단위의 별장인 다치에서 휴식을 즐기는 문화가
    있다.

하늘빛 왕국

오, 하늘빛 왕국! 오, 빛과 청춘과 행복의 하늘빛 왕국!
꿈속에서…… 그대를 보았다.

우리는 아름답게 장식한 작은 배를 타고 있었다. 펄럭이는
깃발 아래 하얀 돛이 백조의 가슴처럼 부풀어 올랐다.

누가 나의 친구들이었는지 몰랐다. 하지만 그들 역시
나만큼 젊고 쾌활하고 행복한 사람들임을 온몸으로 느꼈다!

그래서 나는 그들에게 신경 쓰지 않았다. 주변에는 오직
하나, 금빛 비늘의 잔물결로 덮인 끝없이 파란 바다만
보였다. 머리 위로 역시 끝없이 펼쳐진 푸른 하늘이 보였다.
하늘을 따라 정다운 태양이 웃는 듯 우쭐거리며 흘러간다.

우리 사이에는 종종 신들의 웃음인 양 즐거운 웃음소리가
울려 퍼진다!

그러면 갑자기 누군가의 입에서 기이한 아름다움과
영감의 힘으로 충만된 시와 말이 흘러나온다……

아마 그건 하늘이 답하는 소리, 주변 바다도 공감한 듯
몸을 떤다…… 다시 행복에 젖은 고요함이 밀려든다.

우리의 작은 배는 온화한 파도 따라 가벼이 오르내리며
빠르게 질주한다. 배는 바람으로 가는 것이 아니다.

우리 심장의 연주가 작은 배를 지휘하는 것이다. 배는
우리가 원하는 곳으로 살아 있다는 듯 순순히 달려 나갔다.

우리가 만난 섬들은 값비싼 보석이나 에메랄드의 다양한
빛으로 반짝이는 반투명한 마법의 섬이다. 둥그런 섬

기슭에서 실려 나온 아름다운 향기는 감탄을 자아낸다.

어떤 섬에서는 백장미나 은방울꽃 비를 퍼붓고, 어떤 섬에서는 갑자기 날개가 긴 무지갯빛 새들이 날아왔다.

머리 위로 새들이 빙빙 돌고, 은방울꽃이며 장미는 미끄러운 작은 배 옆을 스치면서 진주알 물거품 속으로 녹아들었다.

꽃들과 새들과 함께 달콤하고 달콤한 소리가 흘러들었다…… 소리에는 여인의 목소리도 들려왔다…… 그리고 주위 모두가, 하늘도, 바다도, 위에서 펄럭이는 돛 소리도, 배 뒷머리 물들의 속삭임도……. 이 모두가 사랑에 대해, 행복한 사랑에 대해 이야기했다!

우리들 각자 사랑하던 애인, 그녀가 거기 있었다…… 보이지는 않지만 바로 가까이 있었다. 순간 그녀의 눈이 빛나고, 그녀의 미소가 꽃피웠다…… 그녀의 손이 그대의 손을 잡고, — 시들지 않는 영원한 천국으로 그대를 인도하리라!

오, 하늘빛 왕국! 꿈에서, 나 그대를 보았다…….

— 1878년 6월

두 명의 부자

　사람들이 대부호 로스차일드가 막대한 재산 중 천만금을 육영사업, 의료 사업, 양로 사업에 희사한 것을 칭찬할 때, 나도 감동하고 칭찬한다.

　그러나 감동하고 칭찬하면서도 나는 어느 가난한 농부의 가정이 생각난다. 그 농부는 초라한 초가집에 살면서 고아가 된 조카딸을 키우기로 했다.

　"우리가 조카딸 카트카를 떠맡으면, 마지막 한 푼까지 전부 그 아이에게 들어가, 야채수프에 넣을 소금도 살 수 없을 거요……." 농사꾼 아내가 말했다.

　"그러면…… 소금 없는 싱거운 수프를 먹으면 돼." 남편이 대답했다.

　이 시골 농부에 비하면 로스차일드도 아직 멀었다네!

— 1878년 7월

노인

어둡고 힘든 날들이 시작되었다……

자신의 병, 사랑하는 사람들의 질병, 노년의 추위와
어둠…… 그대가 사랑했던 모든 것들, 그대가 영원히 맡겨진
모든 것들이 시들고 파괴된다. 길은 이미 내리막길이다.

무엇을 할 것인가? 애도할까? 슬퍼할까? 그래 봐야
그대는 자신도 남도 구하지 못하리라.

휘어지고 마른 늙은 나무의 잎들이 점점 작아지고 성기어
가나, 나무의 푸른빛은 한결같다.

그대도 몸을 사리고 자기 속으로 기억 속으로 들어가라.
그곳 깊이깊이 가다듬은 영혼의 밑바닥에 그대의 옛
삶이, 그대만이 아는 삶이 여전히 생생한 녹색과 애무와
봄기운으로 앞을 비추어 주리라.

그러나 조심해요…… 불쌍한 노인이여, 희망을 갖지
마세요!

— 1878년 6월

신문기자

두 친구가 식탁에 앉아 차를 마시고 있었다.

갑자기 거리가 시끄러워졌다. 애처로운 신음, 격분한 욕설, 구경꾼들이 터뜨리는 웃음소리가 들렸다.

"누군가 맞고 있다." 친구 중 한 사람이 창문을 내다보고 말했다.

"죄인? 아니면 살인자?" 다른 친구가 물었다. "아니, 맞는 사람이 누구든 개인적 폭행은 불법이야. 허락되어선 안 돼. 나가서 도와주자."

"그래 살인자를 때리는 건 아니군."

"살인자가 아니라고? 그럼 강도인가? 그래도, 가서 구해 줘야지."

"도둑도 아니야."

"도둑이 아니라고? 그러면 점원인가! 철도원? 군납업자? 러시아 문예 애호가? 변호사? 온건한 편집자? 사회봉사자?…… 어쨌든 가서 도와주자!"

"아니야…… 맞고 있는 건 신문기자야."

"신문기자? 그러면 차나 마시자."

— 1878년 7월

두 형제

　그건 환영(환상)이었다……

　내 앞에 두 천사…… 두 정령[1]이 나타났다.

　여기서 내가 천사니 정령이니 말한 이유는 두 쪽 다 옷을 걸치지 않은 벌거숭이에 어깨에 건장한 긴 날개가 돋아나 있었기 때문이다.

　둘 다 젊다. 하나는 약간 뚱뚱하고 부드러운 피부에 검은 곱슬머리다. 짙은 속눈썹 밑 갈색 눈은 힘이 없다. 간사한 눈길이 유쾌하고 탐욕스럽다. 황홀할 만큼 매력적인 얼굴이지만 약간 건방져 보이고 나쁜 심기가 보인다. 부어오른 빨간 입술이 가볍게 떨렸다. 이 젊은이는 권력을 가진 자처럼 자신만만한 미소를 입가에 띠고 있다. 반짝이는 머리 위에 벨벳 같은 눈썹 근처까지 화려한 화관이 살짝 얹혀 있다. 황금 화살로 꼭 잡아매 둔 표범의 얼룩 가죽이 둥그런 어깨에서부터 약간 구부러진 허리까지 축 내려져 있다. 날개의 깃털은 장밋빛이다. 날개 끝은 마치 신선한 피로 물들인 것처럼 눈부시도록 빨갛다. 가끔 날개를 빠르게 파닥이면 봄비 소리같이 가락이 높은 즐거운 소리가 울린다.

　다른 천사의 몸은 야위고 초췌하고 누르스름하다. 숨 쉴 때마다 늑골이 살짝 엿보인다. 아맛빛 머리카락은 숱이 적고 꼿꼿하다. 창백한 잿빛 눈은 크고 둥그렇다…… 눈길은 불안하고, 이상하게 빛난다. 얼굴의 모든 윤곽이

날카롭다. 물고기 같은 이빨을 드러내 보이는 반쯤
열린 작은 입, 힘주고 있는 매부리코, 하얀 솜털로 덮인
튀어나온 턱이 특징이다. 메마른 입술은 한 번도 웃어 본
적 없었다.

그것은 균형 잡힌 무섭고도 무자비한 얼굴이었다! (첫
번째 미남도 부드럽고 사랑스러운 얼굴이지만 자비의 빛은
없었다.) 두 번째 젊은이의 머리 주변에는 열매 맺히지 않은
쪼개진 이삭 몇 개가, 시들시들한 풀줄기를 꼬아 얹혀 놓여
있다. 허리는 조잡한 잿빛 직물로 감싸고 있다. 등 뒤에
난 검푸르고 윤기 없는 날개가 천천히 무섭게 흔들리고
있었다.

두 젊은이는 한시도 떼어 놓을 수 없는 친구 같았다.

어깨를 서로 기대고 있었다. 첫 번째 젊은이의 부드러운
한쪽 손은 포도송이처럼 상대방의 메마른 어깨 위에
얹혀 있었다. 두 번째 젊은이의 좁은 손목은 길고 가는
손가락과 함께 여자 같은 상대방의 가슴을 뱀처럼 더듬고
있었다.

그러자 내게 소리가 들렸다…… 그 소리는 이러했다.
"그대의 눈앞에 선 사랑과 기아는 피를 나눈 형제다. 살아
있는 모든 것의 근본적인 두 가지 기초다. 살아 있는 모든
생물은 먹고살기 위해 움직이고, 생산하기 위해 먹는다.

사랑과 기아 이들의 목적은 단 하나. 삶이 중지되지 않기

위해 필요하다. 나나 남이나 모두가 똑같은 보편적인 삶을
살게 한다."

─── 1878년 9월

---

1 수호정령을 말한다. 그리스·로마의 교회에서도 인간은 선과 악이라는
   두 개의 정령을 가지고 태어난다고 했다. 그 모습은 일반적으로 그림이나
   조각에서 두 개의 날개로 표현된다.

에고이스트

그에게는 자기 가족의 채찍이 되기 위해 필요한 모든 것이
구비되어 있었다.

그는 건강하고 부자로 태어났다. 오래 사는 내내 부유하고
건강했다. 그리고 한 번의 과실도 없었고, 한 번도 실수하지
않았으며, 잘못하지도 않았다.

그는 빈틈없을 정도로 성실했다!…… 그래서 자신의
성실[1]을 자만했고, 친척, 친구, 지인 모든 사람들을 차별
없이 그것으로 짓눌렀다.

성실은 그의 자산이었다…… 그는 거기서 엄청난 이자를
갈취했다.

성실은 그가 무자비한 사람이 될 수 있는 권리를 주었고,
선행을 베풀지 않아도 되는 권리까지 주었다. 그래서 그가
무자비해졌고, 선행을 베풀지 않은 것이다…… 왜냐하면
의무적인 선행은 선행이 아니기 때문이다.

그는 한 번도 이처럼 모범적인 인물인 자기 외에
누구에게도 마음 쓴 적 없었다. 특히 다른 사람이 이와
똑같이 자기를 열심히 배려해 주지 않을 경우, 그는 진실로
분개했다!

동시에 그는 자신을 에고이스트라 생각하지 않았다.
무엇보다 에고이스트를 비난하고 에고이즘을 공격했다!
당치도 않게! 타인의 에고이즘은 자기 에고이즘을
방해한다는 것이다.

자신의 어떠한 작은 약점도 알려 하지 않았던 그는
타인의 약점을 이해하려 하지 않았고 일체 용서하지도
않았다. 대체로 그는 아무도 아무것도 이해하지 않았다.
그것은 그 자신이 사방, 앞뒤, 위아래 모두 자아로 둘러싸여
있었기 때문이다.

그는 용서가 무엇을 의미하는지조차 이해하지 못했다.
자기 자신을 용서할 필요를 느끼지 않았으니…… 어떻게
타인을 용서하겠는가?

자기 양심의 심판 앞에, 자기 마음의 신 앞에 섰는데도,
이 놀랄 만한 덕행의 괴물은 하늘을 우러러보며 커다란
목소리로 외쳤다.

"그렇다, 나는 훌륭한 사람이다. 나는 도덕적인 사람이다!"

그는 이 말을 죽음의 침상에서도 반복하리라. 그때에도
돌 같은 그의 마음속에서는 아무것도 흔들리지 않으리라.
그의 마음속에는 오점도 틈새도 없다.

오, 불굴의 자기만족에서 나온 값싸게 얻어진 미덕의
추악함이여! 너는 악덕의 노골적인 추악함에 비해 더 낫지는
않으리라!

— 1878년 12월

---

1 원문의 러시아어 'честность'는 '성실, 정직, 공정'을 뜻하는 단어다.

신의 향연

어느 날 천상의 신이 푸른 궁전에서 대향연을 열기로
했다.

모든 덕행들이 손님으로 초대받았다. 그러나 실제로
초대받은 것은 미덕뿐이었다…… 신은 남성을 초대하지
않았고…… 부인들만 초대했다.

크고 작은 많은 덕들이 모여들었다. 작은 덕은 큰 덕보다
명랑하고 상냥했다. 그러나 모두 만족스러워 보였다.
가까운 친척이나 아는 사람을 만난 것처럼 즐겁게 이야기를
주고받았다.

그러나 이때 천상의 신은 서로 잘 모르는 것 같은
아름다운 두 여인을 발견했다.

주인이신 천상의 신은 한 여인의 손을 잡고 다른 한 여인
쪽으로 데려갔다.

"은혜 여인!" 첫 번째 여인을 가리키며 신이 말했다.

"감사 여인!" 두 번째 여인을 가리키며 신은 이렇게
덧붙였다.

두 사람의 미덕은 말할 수 없을 정도로 놀라는 표정을
지었다. 빛이 창조된 이래 수천 년이 흘렀지만, 두 사람은
난생처음 만난 것이다.

— 1878년 12월

스핑크스

위로는 무르고 밑으로는 누르스름한 회색의 딱딱하고
빠삭거리는 모래…… 어디를 보나 끝없는 모래, 또 모래
모래밭이다!

이 사막 같은 모래밭 위에, 이 죽어 버린 먼지의 바다
위에 이집트 스핑크스의 거대한 머리가 솟아 있다.

튀어나온 거대한 입술, 위로 거만하게 올라간 움직일
줄 모르는 커다란 콧구멍은 무엇을 말하고 싶어
할까? ─ 그리고 저 눈, 둥그런 눈썹 밑에 반쯤 꿈꾸는 듯
반쯤 깨어 있는 저 긴 두 눈은?

그들은 무슨 말인가 하고 싶어 한다! 그들은 역시 말을
하고 있으나, 오이디푸스[1] 혼자만 그 수수께끼를 풀고,
그들의 말 없는 말을 이해할 수 있다.

아니! 그래, 나는 이 얼굴의 특징을 잘 알지!……
이집트적인 특징이라고는 하나도 없다. 낮은 하얀 이마,
툭 튀어나온 광대뼈, 짧지만 곧은 코, 하얀 이의 아름다운
입, 부드러운 콧수염, 곱슬곱슬한 수염, 넓은 미산의 삭은
눈…… 그리고 두 갈래로 갈라진 흩어진 머리…… 그렇다,
이건 너야, 카르프여, 시도르여, 세몬이여, 야로슬라프와
랴잔의 농부여, 내 동포여, 러시아 씨앗이여! 너는
스핑크스가 된 지 오래되었는가?

너도 무슨 말인가 하고 싶구나? 그래, 너 역시
스핑크스지.

너의 눈 — 생기는 없지만, 깊숙한 두 눈도 무엇인가
말하고 있다…… 그리고 너의 말도 역시 수수께끼란 말인가.
그렇다면 너의 오이디푸스는 어디에 있는가?
아아! 전 러시아의 스핑크스여! 농부 모자를 쓴다고
러시아의 오이디푸스가 되는 것은 아니다![2]

— 1878년 10월

---

1 스핑크스의 수수께끼를 푼 그리스 신화의 오이디푸스 왕.
2 농민을 이해한답시고 곧잘 농민 복장을 하고 다닌 당시 슬라브주의자들을
　　날카롭게 풍자한 글이다.

님프

반원으로 누운 아름다운 산들 앞에 나는 섰다. 젊은 푸른 숲이 산꼭대기에서부터 산 밑까지 뒤덮고 있다.

산들 위로 남쪽 하늘이 맑고 파랗게 빛났다. 태양은 중천에서 빛으로 희롱하고, 아래로는 빠른 시냇물이 풀에 반쯤 가려진 채 졸졸 흘렀다.

옛날이야기가 생각났다. 그리스도 강림의 첫 세기에 그리스 배가 에게해를 항해했다.

시간은 정오…… 조용한 날씨였다. 갑자기 지도자의 머리 위로 높은 곳에서 사람의 목소리가 또렷하게 들렸다.

"섬 옆을 지나갈 때 큰 소리로 '위대한 판[1]은 죽었다!'고 외쳐라."

지도자는 깜짝 놀랐고…… 두려워했다. 그래서 배가 섬 옆을 지나갈 때 그는 명령한 대로 소리쳤다.

"위대한 판은 죽었다!"

그러자 당장 그의 외침에 대답하듯 섬을 둘러싼 기슭 일대에(그 섬은 무인도였다.) 울부짖는 소리, 신음 소리, 슬픈 환성의 느린 소리가 일어났다.

"죽었노라! 위대한 판은 죽었다!"

이 이야기가 생각났다…… 그러자 이상스런 생각이 들었다. '지금 나도 무엇인가를 외쳐 보면 어떨까?'

그러나 나를 둘러싼 환호성에 나는 죽음을 생각할 수 없었다. 그래서 목청껏 외쳤다.

"부활했다! 위대한 판이 부활했노라!"

그러자 그 자리에, 오, 기적이!…… 나의 감탄에 응답하여 넓은 반원 같은 푸른 산들에서 다정한 웃음소리가 울리고, 기쁨에 찬 소리가 터져 나왔다. "그는 부활했다! 판은 부활했노라!" 젊은 목소리가 일제히 울려 퍼졌다. 거기 앞에 있는 모든 것들이 갑자기 웃음을 터뜨렸다. 하늘 높이 빛으로 희롱하는 태양보다 더 밝게, 풀 밑에서 졸졸 흐르는 시내보다 더 즐겁게 웃음을 터뜨렸다. 성급하게 땅을 밟는 가벼운 발소리가 들리고, 푸른 숲 사이 꼬불꼬불한 오솔길에 대리석 같은 물결 모양의 하얀 옷깃이며 생생하게 붉은 알몸들이 번쩍 빛났다…… 님프들, 나무의 님프, 숲의 님프, 바커스의 무녀들이 산꼭대기에서 평원을 향해 달려갔다……

그들은 숲 가장자리에 일제히 모습을 드러냈다. 아름다운 머리에는 머리 타래가 늘어져 있고 건장한 손은 꽃다발과 팀판²을 들고 있었다. 마차를 타고 달리면서 웃음을, 빛나는 올림피아의 웃음을 뿌린다…….

여신이 앞장서고 있다. 그녀는 누구보다 키가 크고 가장 아름답다. 어깨에는 화살통을 메고, 손에는 활을 들고, 곱슬머리 위에는 낫 모양의 은빛 달이 있다……

디아나,³ 이게 당신인가요?

그런데 갑자기 여신은 발걸음을 멈추어 섰다…… 그

뒤를 따르던 모든 님프들도 일제히 걸음을 멈추었다. 요란한 웃음소리가 일시에 멎었다. 내가 보니 갑자기 벙어리처럼 입을 다문 여신의 얼굴이 주검과 같은 창백한 얼굴로 변해 버렸다. 바라보니 다리는 화석처럼 굳어지고, 그녀의 입은 형용할 수 없는 공포로 벌어지고, 눈은 저 멀리로 눈길을 쏟고 있다…… 그녀는 무엇을 보았을까? 어디를 쳐다보고 있는 걸까?

그녀의 눈길 쪽으로 몸을 돌렸다……

저쪽 하늘 끝, 벌판의 낮은 경계선, 그리스도 교회의 금빛 십자가는 하얀 종탑 위에서 한 점 불길이 되어 타오르고 있었다…… 여신은 이 십자가를 본 것이다.

뒤에서 고르지 못한 긴 한숨이 들렸다. 현악기 줄이 끊어지는 듯한 불길한 소리 같았다. 내가 몸을 다시 돌렸을 때 님프들은 이미 흔적도 없이 사라졌다…… 숲은 변함없이 광활하고 푸르다. 다만 곳곳에 무성한 나뭇가지 사이로

---

1   판(pan)은 그리스 신화에 나오는 숲, 목축, 수렵의 신.
2   둘레에 방울을 단 긱은 북으로 오늘날 탬버린과 비슷한 악기.
3   달·정조·수렵의 여신.

하얀 무엇인가가 모습을 감추고 있었다. 그것이 님프들의 옷자락인지, 골짜기 바닥에서 이는 수증기인지 모르겠다.

그러나 사라져 버린 여신들을 생각하니 참으로 애석하다!

— 1878년 12월

적과 친구

종신형 죄수가 감옥에서 탈출하여 앞뒤 보지 않고
도망쳤다…… 이내 그 뒤로 추격대가 바짝 쫓아갔다.

죄수는 사생결단으로 달아났다…… 추격자들은 점점
뒤처지기 시작했다.

갑자기 죄수 앞에 가파른 기슭의 좁고 깊은 강이
나타났다…… 그런데 그는 수영을 못했다!

한쪽 기슭에서 다른 쪽 기슭으로 썩어 버린 얇은 송판이
놓여 있었다. 탈옥수는 이미 송판에 한 발을 걸쳤다……
그런데 우연인지 거기 강 옆에 때마침 그의 가장 친한
친구와 가장 잔인한 적이 서 있었다.

적은 아무 말없이 팔짱만 끼고 있었다. 하지만 친구는
목청껏 소리를 질렀다.

"아니, 저런! 너 뭐 하는 거야? 정신 차려, 미친놈! 설마,
너 송판 썩은 거 안 보여? 네 몸무게면 부서진다고. 너는
피할 새도 없이 죽을 거야."

"하지만 다른 방도가 없어…… 추격해 오는 소리가
들리잖아!"

불행한 남자는 자포자기로 절망의 소리를 내더니, 판자
위로 올라섰다.

"허락 못 해!…… 안 돼, 네가 죽다니, 절대 안 돼!"
열성적인 친구가 소리를 질렀고, 탈옥수의 다리 아래로
송판을 잡아당겼다. 순식간에 그는 격렬한 물속으로

떨어졌고, 물에 빠져 버렸다.

적은 만족해서 웃다 저 멀리 사라졌다. 하나 친구는 기슭에 주저앉아, 슬피 울기 시작했다. 불쌍한…… 불쌍한 친구를 위해!

그러나 친구의 죽음에 대해 자신을 책망할 생각은 없었다…… 단 한 순간도.

"내 말을 안 들었어! 안 들었다고!" 그는 침울하게 중얼거렸다.

"그러기는 하지만!" 마침내 그는 중얼거렸다. "어차피 그 친구는 평생 무서운 감옥에서 괴로워해야 할 신세였어! 적어도 이제는 괴롭지 않잖아! 이제는 더 편해! 그래, 이건 친구의 운명인 거야!"

"그렇지만 인간적으로 너무 불쌍해!"

착한 영혼의 남자는 불행한 자기 친구를 위로할 길이 없어 계속 흐느껴 울었다.

— 1878년 12월

그리스도

    꿈속에서 나는 청년이 아닌 어린아이가 되어 낮은 천장의 마을 교회에 있었다. 고풍스런 성상 앞에 가늘고 긴 촛불들이 빨간 반점으로 한들한들 타고 있었다.

    무지갯빛 후광이 작은 불길을 하나하나 둘러쌌다. 교회당 안은 어둠침침했다…… 그러나 내 앞에는 많은 사람들이 서 있었다.

    모두 아맛빛 농군들 머리였다. 그 머리들은 때때로 수그렸다 쳐들렸다 하며 흔들리기 시작했다. 여름에 부는 바람에 가벼이 파도치는 무거운 이삭들 같았다.

    갑자기 어떤 사람이 뒤로 다가와 나와 나란히 섰다.

    그를 돌아 보지 않았으나, 이내 나는 그분이 바로 그리스도임을 느꼈다.

    감동과 호기심과 공포가 동시에 나를 사로잡았다. 나는 자신을 억제하면서…… 옆 사람을 바라보았다.

    그분의 얼굴은 모든 사람들의 얼굴이다. 보통 사람들과 같은 그런 얼굴이다. 눈은 약간 위쪽을 주의 깊게 조용히 보고 있다. 입술은 다물었지만, 굳게 다문 것은 아니다. 윗입술이 아랫입술 위에서 쉬는 것처럼 보였다. 크지 않은 턱수염이 두 갈래로 갈라져 있다. 팔은 팔짱을 낀 채 움직이지 않는다. 입고 있는 것도 보통 옷이다.

    '이분이 정말 그리스도일까!' 나는 생각했다. '너무 평범해, 이런 보통 사람이! 그럴 리 없어!'

나는 얼굴을 돌렸다. 하나 이 보통 사람으로부터 눈을 돌릴까 말까 하는 순간 여기 나와 함께 나란히 서 있는 분이야말로 그리스도라는 느낌이 들었다.

다시 한번 힘을 냈다…… 역시 모든 사람들과 똑같은 얼굴이 보였다. 낯선 윤곽이긴 하지만 흔히 볼 수 있는 보통 얼굴이었다.

그러자 갑자기 슬퍼졌고, 잠에서 깼다. 그때 비로소 나는 깨달았다. 바로 그런 얼굴, 보통 사람과 비슷한 얼굴, 그 얼굴이 바로 그리스도의 얼굴이라는 것을.

—1878년 12월

바위

바닷가에서 오래된 회색 바위를 본 적 있는가? 화창한
봄날 만조 시에 강한 파도가 사방에서 밀려들어 바위를
때리는 것을 본 적 있는가? 때리고 희롱하고, 진주알 뿌리듯
반짝이는 포말로 이끼 긴 바위를 씻어 내리는 것을 본 적
있는가?

바위는 언제나 예전 그대로 남아 있다. 그러나 짙은 회색
표면에는 선명한 색깔들이 아롱진다.

바위들은 먼 옛날을 말해 준다. 녹아내린 용암이 이제
겨우 굳기 시작해 완전히 불길로 훨훨 타오르던 그때를
말해 준다.

그와 마찬가지로 얼마 전 나이 든 내 마음에도 젊은
여성들의 영혼이 사방에서 밀려들었다. 사랑스런 애무의
파도 아래 내 마음이 붉게 물들기 시작했다. 그건 이미
옛날에 바래 버린 색깔, 지난날 불길의 흔적인 것이다!

파도는 밀려갔으나…… 모진 비바람 속에서도 색깔만은
여전히 바랜 줄 모른다.

— 1879년 5월

비둘기

나는 평평한 언덕 위에 서 있었다. 눈앞의 농익은 밀밭이 때로는 금빛 바다로, 때로는 은빛 바다로 퍼져 나가고 있다.

그러나 이 바다에 잔물결 하나 일어나지 않고, 숨 막히는 공기는 까딱도 하지 않는다. 큰 천둥 번개가 밀어닥칠 것만 같다.

주변에는 태양이 여전히 뜨겁지만 어슴푸레 내리쪼인다. 하나, 그리 멀지 않은 저기 밀밭에는 푸른 잿빛 비구름이 묵직한 큰 덩어리가 되어 지평선 절반을 뒤덮고 있었다.

모든 것들이 조용히 숨었고…… 마지막 불길한 석양빛 아래 모든 것들이 시들어 버렸다. 새 한 마리 울지 않고, 보이지도 않는다. 참새마저 숨어 버렸다. 어딘가 가까운 곳에서만 큼직한 우엉 잎사귀 한 잎이 쉴 새 없이 속삭이며 팔랑거렸다.

밭도랑에 난 쑥 냄새가 코를 찌른다! 푸르스름한 비구름 덩어리를 바라보니…… 마음이 혼란스럽다. '자, 빨리 빨리 와라!' 생각해 보았다. '번뜩여라! 황금 뱀이여, 천둥과 번개를 쳐라! 나쁜 구름이여, 움직여라, 비를 쏟아라, 날아 지나가라, 그리고 잦아드는 가슴의 괴로운 권태를 단숨에 씻어 다오!'

그러나 비구름은 움직이지 않았다. 비구름은 여전히 침묵하는 대지를 무섭게 억누르고 있었다…… 다만 비구름은 부풀어 올라 어둠이 짙어졌다.

그때 갑자기 잿빛 구름을 따라 무엇인가 번쩍 흐르듯
지나갔다. 하얀 손수건이나 눈송이라도 보는 것 같다. 그건
마을 쪽에서 날아온 한 마리 하얀 비둘기였다.

　　날고 날아 쭉 일직선으로 날아…… 마침내 수풀 속으로
숨었다.

　　짧은 순간이 지나갔다. 역시 잔인한 정적이 사방을
짓눌렀다…… 그러나 보라! 이번에는 두 개의 손수건이
희뜩거리고, 두 개의 눈 덩어리가 아까 온 길을 되돌아오고
있다. 그건 두 마리의 하얀 비둘기가 곧바로 자기들의
둥지를 찾아가는 모습이었다.

　　그러자 마침내 폭풍의 막이 찢어지면서 재미있는 오락이
시작되었다!

　　나는 간신히 집으로 달려갔다. 바람은 울부짖으며 미친
사람처럼 몸부림치고, 나직한 빨간 구름은 갈기갈기 찢긴
것처럼 질주하고 있다. 모든 것들이 흐트러져 용솟음치고,
내리치는 폭우는 똑바른 기둥이 되이 이리저리 뛴다.
번갯불은 파란 불기둥이 되어 눈을 부시게 했고, 그쳤다 또
계속되는 천둥은 드문드문 포성처럼 내리꽂혔고, 공중에는
유황 냄새까지 풍기기 시작했다……

　　지붕의 처마 끝을 바라보니 하얀 비둘기 두 마리가
의좋게 나란히 창틀에 앉아 있다. 한 마리는 친구를 부르러
갔고, 또 한 마리는 친구를 따라 돌아온 것이다. 아마

97

그래서 목숨을 건졌을 것이다.

　두 마리가 다 불룩해 갖고 서로 날갯죽지로 상대방 날개를 느끼고 있다……

　비둘기들이 행복했으면! 그대들을 바라보는 내 마음이 즐겁다……

　나도 혼자다…… 언제나 혼자다.

— 1879년 5월

내일, 내일!

지나가 버린 날들 하루하루 얼마나 무의미하고 공허하고 무기력할까!

그가 남긴 발자취는 얼마나 미미한가!

무수한 시간들은 얼마나 의미 없이 헛되이 지나가 버렸는가!

그런데도 인간은 살기를 원한다.

삶을 소중히 여기며, 삶에, 자신에게, 미래에 희망을 걸어 본다…….

오, 인간은 미래에 어떤 행복을 기다릴까!

그러나 인간은 왜 다가올 날들이

방금 지나가 버린 날들과 다를 것이라 상상할까?

그렇다, 사실 인간은 그런 걸 기대하지 않는다.

인간은 대체로 사색을 좋아하지 않고 일을 잘한다.

"자, 내일, 내일!" 스스로 위로해 본다.

이 "내일"이 인간을 무덤으로 데려다줄 그날까지.

맞아, 무덤에 한 번 들어가면, 부득이 사색도 멈춘다.

— 1879년 5월

자연

천장이 높은 지하 거대한 방 안으로 들어가는 꿈을 꾸었다. 방 안에는 역시 지하에나 어울리는 빛이 고르게 사방으로 넘쳐흘렀다.

방 한복판에 물결치는 초록빛 옷을 입은 여인이 당당한 표정으로 앉아 있었다. 그녀는 한 손으로 머리를 괴고 어떤 생각에 잠겨 있었다.

나는 이 여인이 바로 '자연'임을 금방 알았다. 그러자 곧 경건한 두려움이 내 영혼 깊숙이 차갑게 스며들었다.

그 앉아 있는 여인에게 다가가 공손히 인사했다.

"오, 우리 모두의 어머니!" 나는 큰 소리로 말했다.

"무슨 생각을 하시나요? 혹시 인류의 미래나 운명에 대해 생각하는 것은 아닌가요? 어떻게 하면 인류를 완성하고, 행복으로 끌어올릴까 생각하는 건 아닌가요?"

여인은 무섭고 어두운 눈을 내게로 천천히 돌렸다. 그 입술이 살짝 움직이니, 커다란 무쇠 목소리가 쩌렁쩌렁 울려 퍼졌다.

"적으로부터 더 쉽게 목숨을 구할 수 있도록 어떻게 하면 벼룩의 다리 근육을 더 튼튼하게 만들 수 있나 생각 중이다. 공격과 방어의 균형이 깨졌다…… 다시 복구시켜야 한다."

"어떻게?" 웅얼거리듯 대답했다. "아니 무슨 생각을 하시나요? 그런데 우리 인류는 당신이 사랑하는 자식들이 아닌가요?"

여인은 살짝 눈살을 찌푸렸다.

"이 모든 창조물은 내 자식들이다." 그녀가 말했다. "나는 그들의 뒷바라지를 똑같이 하고, 그들을 똑같이 멸망시킬 뿐이지."

"그렇다면 선은…… 이성은…… 정의는……."

나는 다시 망설이며 말했다.

"그건 인간들의 말이지." 무쇠 목소리가 울려 퍼졌다. "나는 선도, 악도 몰라. 내게 이성은 법이 아니지 ─ 또 정의란 무엇인가? 나는 너희에게 생명을 주었어 ─ 내가 그걸 빼앗아 다른 것들, 지렁이나 인간들에게 줄 거야…… 누구에게 주든 상관없어…… 그러니 나를 방해하지 말고 ─ 너희는 너희대로 자신이나 잘 지켜!"

나는 뭐라 답하고 싶었다…… 그러나 주위의 대지가 거친 신음을 내며 요란하게 진동했다. 그래서 나도 잠에서 깼다.

─ 1879년 8월

그의 목을 달아매라!

"1805년에 일어난 일이었네."

내 오랜 지인이 입을 열었다. "아우스터리츠전투[1]가 일어나기 얼마 전이었어. 내가 장교로 복무하던 연대가 모라비아에 머물렀네."

마을 주민을 괴롭히거나 일체의 민폐도 안 된다는 엄명이 떨어졌지. 동맹군이었지만 주민들은 묘한 곁눈질로 우리를 몹시 경계했다네.

예전에 어머니 영지에서 일하던 예고르라는 이름의 농노가 내 졸병이었네. 정말 정직하고 순한 사람이었지. 우리는 어릴 적부터 알고 지내서 친구처럼 친한 사이였네.

어느 날 내가 머물고 있던 집에서 소동이 일어났네. 주인아줌마가 닭 두 마리가 없어졌다고 고함을 지르며, 내 졸병에게 그 죄를 뒤집어씌웠어. 그는 변명을 하다 마침내 나를 증인으로 데려갔지⋯⋯. "이 예고르 아브타모노프는 절대 훔칠 사람이 아니오!" 나도 예고르의 결백을 밝히려 했지만, 그 아줌마는 들은 척도 하지 않았네.

때마침 질서 정연한 말발굽 소리가 길가에서 들렸네. 총사령관이 참모들을 이끌고 길을 지나가던 참이었네.

축 늘어진 피부의 뚱뚱한 사령관이 고개를 뒤로 젖히고 가슴을 편 채 걸어왔네. 견장의 금실이 가슴 위까지 내려와 있었네.

그걸 본 아줌마는 냉큼 달려가 장군의 말 앞에 무릎을

꿇었다네. 아줌마는 잔뜩 헝클어진 머리를 한 채 내 졸병
쪽으로 손가락질하면서 우는 시늉에 큰 소리로 호소했다네.

"아이고 장군 나리! 각하 나리! 판결을 내려 주세요!
도와주세요! 살려주세요! 저 병사가 제 물건을
약탈했습니다!"

예고르는 모자를 손에 쥔 채 문간에 서 있었네. 가슴을
펴고 두 다리를 꼭 붙인 채 보초처럼 굳어서는 끽소리 못
하고 서 있었네! 길 가운데 떡 버티고 서 있는 장군 일행의
모습에 겁을 먹었는지, 갑자기 찾아든 불행에 어안이
벙벙해진 거지. 예고르는 얼굴빛이 흙빛이 되어 멍청하게
눈만 깜빡거리며 서 있었네.

장군은 다른 생각에 몰두하고 있었는지 어두운 시선으로
화난 듯 내뱉었지.

"뭐야?……."

예고르는 꼼짝 않고 서서 이빨을 내보였네! 옆에서 보니
웃는 것처럼 느껴졌네.

그때 사령관이 띄엄띄엄 말했네. "목·매·달·아·라!"
교수형 명령을 내리고는 그대로 말 옆구리를 차고 멀리 가
버렸네. 처음에는 천천히 걸었으나, 다음에는 빠른 속도로
멀어져 갔네. 참모들은 모두 빠른 속도로 그 뒤를 따라갔네.
다만 참모 한 사람이 안장 위에서 고개를 돌리더니
예고르를 흘깃 노려보았네.

감히 명령 불복종은 상상할 수 없었거든…… 예고르는
즉각 체포되어 형장으로 끌려갔네.

이때 그는 완전히 송장처럼 굳어 있었네…… 겨우 두 번
힘들게 소리쳤네.

"하느님! 하느님!" 그러고는 작은 소리로 속삭이며

"내가 아니란 걸 하느님은 아시지요!"

나와 작별 인사를 하며 그는 참 슬프고 서럽게 울었어.
절망에 빠진 나는 참담한 심정이었네.

"예고르! 예고르!" 나는 소리를 질렀어. "대체 왜
장군한테 아무 말도 하지 않았나!"

"내가 아니라는 걸, 하느님은 알고 계십니다."

불쌍한 예고르는 흐느끼면서 되풀이했네.

주인아줌마도 혼비백산했네. 그 여자도 이렇게 무서운
엄벌이 내려지리라고는 꿈에도 생각지 못했거든. 이번에는
그 여자가 통곡했지! 지나가는 사람들을 붙잡고 닥치는
대로 도와 달라 빌기 시작하더니, 급기야 닭을 찾았느니
자기가 직접 가서 장군에게 모든 것을 설명하겠다면서
난리를 피웠지…….

물론 이 모든 것들이 도움이 될 리 없었어. 아무튼 전시의
법질서니까! 엄한 군기니까! 그 아줌마는 점점 크게 미친
듯이 통곡했어…….

예고르는 신부에게 참회하고 성찬을 받은 다음 나에게

말했네.

"나리, 아주머니한테 괴로워하지 말라고 전해 주세요……
저는 이미 그 여자를 용서했습니다."

내 지인은 자기 졸병의 마지막 말을 반복해서 중얼거렸어.
"예고루시카,[2] 다정하고, 올바르고, 경건한 친구였는데!"

그러자 눈물이 노인의 뺨을 타고 주르르 흘러내렸다.

— 1879년 8월

1   1805년 12월, 오스트리아의 아우스터리츠에서 나폴레옹 군이 러시아와
     오스트리아의 연합군을 격파했었다.
2   예고루시카는 예고르의 애칭

무엇을 생각할까?

죽어야 될 때, 생각할 수 있는 시간이 있다면, 그때 나는
무슨 생각을 할까?

삶을 마음껏 즐기지 못하고, 내내 잠자며 잠깐 눈만
붙이고, 삶의 선물을 맛보지 못한 일을 아쉽게 생각할까?

"뭐? 벌써 죽는다고? 이렇게 빨리? 안 돼! 아직 나는
무엇 하나 완성하지 못했는데…… 뭔가 시작해 보려
했는데!"

아니면 옛날 일을 회상하게 될까? 순간이나마 몸소
경험한 밝은 순간들을 생각하면서 잊지 못할 귀중한
이미지나 얼굴들을 생각해 볼까?

아니면 나쁜 일들에 대한 여러 기억이 떠올라,
이미 늦어 버린 후회의 타오르는 슬픔을 내 영혼에서
찾아낼까?

아니면 무덤 저쪽에서 나를 기다리는 무엇을
생각할까?…… 정말 거기서 무엇인가가 나를 기다리는
걸까?

아니야…… 나는 아무것도 생각하지 않으려 할 것이다.
그리고 앞으로 암담한 무서운 어둠으로부터 내 주의를
돌리기 위해 무엇인가 시시한 것을 억지로 생각할 것이다.

어떤 죽어 가는 사람이 구운 호두를 깨물어 먹여
주지 않는다고 계속 투덜거리는 광경을 목격했다……
그러나 그의 어두워진 눈의 심연에 상처로 죽어 가는 새

새끼의 잘려 나간 날개처럼 무엇인가가 팔딱거리며 떨고 있었다……

— 1879년 8월

장미는 얼마나 아름답고 신선했던가……[1]

아주 오래된 옛날 언젠가 어디선가 시 한 편을 읽었다.
금세 다 잊어버렸지만…… 첫 시행이 기억에 남아 있다.

장미는 얼마나 아름답고 신선했던가…….

지금은 겨울이다. 유리창은 서리가 끼고, 촛불이 어두운
방 안에서 외로이 타고 있다. 구석에 숨어 앉아 있는 내
머릿속에는 그 시행이 계속 맴돈다.

장미는 얼마나 아름답고 신선했던가…….

그러자 러시아 교외의 어느 가정집 낮은 창가에 서 있는
내 모습을 그려 본다. 여름 저녁이 조용히 녹아들면서
어느덧 밤이 되었다. 따뜻한 공기에는 레제다[2] 풀 향기와
보리수 향기가 그윽하다. 창가에는 한 소녀가 곧게 뻗은
한쪽 팔의 어깨 쪽으로 머리를 기울인 채 앉아 있다. 처음
뜨는 별을 기다리는 듯 움직이지 않고 조용히 저녁 하늘을
바라본다. 생각에 잠긴 눈에는 천진한 감동과 영감이 어려
있다. 궁금해 보이는 입술은 참으로 감명 깊고 순수해
보였다. 아직 활짝 피지 못하고, 아직 아무런 동요가 없는
가슴은 얼마나 부드럽게 숨 쉬고 있는가! 젊은 얼굴 표정은
얼마나 깨끗하고 순결한가! 감히 나는 그녀에게 말을 걸지

못한다. 그러나 내게 소녀는 한없이 소중하고, 내 심장은 터질 듯 참으로 세차게 고동친다!

장미는 얼마나 아름답고 신선했던가…….

그런데 방 안은 점점 어두워져 간다…… 다 타 버린 촛불은 부지직 소리를 내고, 불안한 그림자가 낮은 천장에서 흔들리고, 강추위는 벽 뒤에서 시끄럽게 화를 낸다. 그리고 노인의 지루한 중얼거림이 느껴진다……

장미는 얼마나 아름답고 신선했던가…….

내 앞에는 또 다른 광경이 펼쳐진다…… 시골 가족 삶의 즐거운 소리가 들린다. 아맛빛 머리 둘이 서로 기대어 밝은 눈으로 용감하게 바라본다. 빨간 볼들이 웃음을 참느라 떨린다. 서로 다정히 팔들을 끼고, 젊고 싱싱한 목소리가 높게 울린다. 더 멀리 아늑한 방 안쪽에는 역시 젊고 싱싱한 손들이 손가락들을 엉키게 하면서 낡은 피아노 건반 위를 뛰어다닌다. 라너[3]의 왈츠 소리도 총대주교의 사모바르가 중얼거리는 소리를 지우지 못한다……

상미는 얼마나 아름답고 신선했던가…….

가물거리던 촛불이 꺼진다…… 저렇게 쉰 목소리로 덜그럭거리며 기침하는 사람은 누구일까?

유일한 동지인 늙은 개가 내 발 옆에서 몸을 웅크리며 떨고 있다…… 춥다…… 얼어붙을 것만 같다…… 그들 모두 죽어 버렸다…… 죽었다.

장미는 얼마나 아름답고 신선했던가…….

— 1879년 12월

1   이 표제는 풍자시인 마틀료프(1796~1844)의 시구에서 따온 것이다.
2   레제다 오도라타(Reseda Odorata)는 물푸레나무과의 꽃으로 최면이나 자극 효과가 있다고 한다.
3   작곡가 요제프 라너(Joseph Franz Karl Lanner, 1807~1843)를 말한다.

항해

나는 작은 기선을 타고 함부르크에서 런던으로 향했다.
승객은 단둘이었다. 나와 어느 함부르크 상인이 영국인
친구에게 선물로 보내는 작은 암컷 원숭이 새끼였다.

갑판 위 벤치 다리에 가느다란 쇠사슬에 묶인 원숭이는
이리저리 뛰어다니며 새처럼 애처롭게 울었다.

내가 옆으로 지나갈 때마다, 원숭이는 검고 차가운
작은 손을 내밀었다. 사람 눈을 닮은 슬픈 눈으로 나를
쳐다보았다. 내가 그의 손을 잡아 주자, 원숭이는 울거나
몸부림치지 않았다.

완전히 고요한 날이었다. 바다는 원을 그리며, 잿빛
식탁보를 깐 것 같았다. 바다가 작아 보였다. 돛대 끝을
가려 버린 짙은 안개가 온 바다를 덮었다. 그 부드러운 농무
때문에 눈이 어두워지고 피로해졌다. 안개 속 태양은 희미한
붉은 반점으로 하늘에 걸려 있었다. 해 질 무렵 안개는
신비하고 기이할 정도로 붉게 타올랐다.

뱃머리에는 무거운 명주 비단괴 길고 곧은 지나 주름들이
휘날렸다. 그 주름은 차차 넓어졌다 구겨지고, 나중에는
주름졌다 커졌다 다시 평평해져 흔들리더니 사라졌다. 솜털
같은 물거품은 배의 바깥 바퀴 밑에서 단조롭게 물결쳤다.
백옥 같은 물거품은 연약하게 씩씩거리며 뱀 모양의
소용돌이로 깨졌다 파도에 휩쓸려 사라졌다. 다시 합쳐졌다
짙은 안개 속으로 빨려 들어가면서 사라졌다.

선박 뒤에 있는 작은 종은 원숭이 울음소리처럼 애처롭게 계속 울어 댔다.

가끔 물범이 떠올랐다. 물범은 갑자기 공중제비를 하더니 수면 밑으로 사라졌다. 잔잔한 바다 물결은 흐트러지지 않았다.

과묵한 선장은 햇볕에 그을린 우울한 얼굴로 짧은 파이프 담배를 피우며, 굳어 버린 바다로 화가 난 듯 침을 뱉었다.

무엇을 묻든 선장은 간간이 투덜거릴 뿐이었다. 나는 유일한 동반자인 원숭이 새끼 곁으로 갈 수밖에 없었다.

나는 그 녀석 곁에 앉았다. 원숭이 새끼는 울음을 멈추고, 다시 한번 내게 손을 내민다.

원숭이와 나는 잔잔한 짙은 안개 속에서 최면제를 마신 듯 잠에 몸을 맡겼다. 우리는 피를 나눈 혈연처럼 똑같이 무의식적인 생각에 빠져 서로의 어깨를 맞대고 있었다.

지금 나는 미소를 짓는다…… 그러나 그때 나는 다른 감정에 휩싸여 있었다.

우리는 모두 한 어머니의 아이들이다. 저 불쌍한 작은 동물이 혈연을 대하듯 울음을 그치고 온순해져 기댄 것이 내 마음을 즐겁게 했다.

— 1879년 11월

N. N.

그대는 조용한 발걸음으로 정연하게 삶의 길을 걸어간다. 눈물도 미소도 없이 냉담한 시선을 보내며 걷고 있다.

그대는 착하고 현명하다…… 그대에게는 모두가 낯설고, 아무도 필요 없다.

그대는 아름다우나 아무도 말하지 않는다. 그대가 자신의 아름다움을 소중히 여길까 아닐까? 냉담하기에 남의 관심도 바라지 않는다.

그대의 눈길은 그윽한데 — 생각에 잠긴 건 아니야. 그 밝고 깊은 속은 텅 비어 있다.

이리하여 샹젤리제 대로에 글루크의 장중한 멜로디 아래[1] 질서정연한 그림자들이 슬픔도 기쁨도 없이 지나간다.

— 1879년 11월

---

1 글루크(1714~1787)의 오페라 「오르페우스와 에우리디케」의 2막. 2막은 샹젤리제 대로가 무대로 되어 있고 거기서 사자의 망령들이 합창하고 있다.

멈추어 주오![1]

멈추어 주오! 지금 나 그대를 보고 있소, 내 기억 속에
영원히 그대로 멈추어 주오!

영감 어린 마지막 노랫소리가 그대 입술에서 나오지만
눈은 빛나지도 불타지도 않는다. 그대가 훌륭하게 표현한
아름다움의 성스러운 의식인 행복에 억눌린 눈은 빛을 잃어
간다. 그대는 '아름다움'의 뒤를 쫓아, 그대의 승리한 두
팔을, 그대의 약한 두 팔을 내미는 것 같소!

햇빛보다 곱고 밝은 어떤 빛이 그대의 온몸을 속속들이
비추고, 그대 옷의 잔잔한 주름을 따라 흘러넘칠까?

어떤 신이 상냥한 입김으로 그대의 흩날리는 곱슬머리를
뒤로 불어 젖히는 걸까?

신의 키스가 대리석처럼 창백한 그대 이마에서 타고
있다.

여기 그녀는 ─ 공공연한 비밀, 시와, 삶과, 사랑의
비밀이다! 여기 이것이 바로 불멸이야! 다른 불멸은 없고,
있을 필요도 없다. 지금 이 순간, 그대가 불멸이다.

순간은 지나고, 그대는 다시 한 줌의 재, 여자, 아이가
된다…… 그러나 그것이 그대에게 무슨 상관인가? 지금
이 순간 그대는 지나가는 모든 것과 무상한 모든 것의
바깥에 훨씬 높게 서 있다. 그대의 이 순간은 영원히 끝나지
않는다.

멈추어 주오! 그리고 내가 그대의 불멸에 끼게 해 주오. 내

영혼 속 그대 '영원'의 그림자를 떨어뜨려 주오!

— 1879년 11월

1   이 시는 투르게네프 반생이 친구이기 그런지, 순수한 흥미에서 사랑하는
     사람이었던 폴린 비아르도 부인(1821~1910)에게 바친 송가라 전해진다.

수도사

나는 속세를 떠난 성자인 수도사를 알고 있다. 그는
기도의 법열에 젖어 살았다. 법열에 취해 성당 찬마루에
너무 오랫동안 서 있었기 때문에 무릎 아래 그의 발이
막대기처럼 굳고 부어 버렸다. 그것을 전혀 느끼지 못했고,
그는 여전히 선 채 기도했다.

나는 그를 잘 이해했고, 아마 그를 질투하고 있었다.
그렇다면 그도 나를 이해해야 할 것이고 나를 비난하지
말아야 한다. 내가 그의 법열에 도저히 다가서지 못하기
때문이다.

그는 자기를 미워하던 '자아'를, 자아를 없애 버렸다.
하지만 나 또한 자존심 때문에 기도하지 않았다.

아마 내 '자아'는 그의 '자아'에 비해 훨씬 더 괴롭고, 더
혐오스러울 것이다.

이미 그는 어떻게 자아를 잊을지 찾아냈다…… 그렇게
자주는 아니지만, 물론 나 역시 그것을 찾고 있다.

그는 거짓말을 하지 않는다…… 나 역시 거짓말하지
않는다.

— 1879년 11월

또 싸울 날이 올 것이다!

아주 사소한 일이 종종 인간 전체를 바꾸어 놓을 수 있다!

어느 날 깊은 생각에 잠겨 큰길을 걷고 있었다.

괴로운 예감이 가슴을 짓눌러, 우울한 마음이었다.

머리를 들었다…… 앞에는 두 줄로 늘어선 키 큰
백양나무 가로수 사이로 길이 화살처럼 멀리 뻗어 있었다.

길 너머, 바로 이 길 너머 내게서 열 걸음 정도 떨어진
곳에 참새 가족이 눈부신 여름 햇빛을 받으며 한 줄로
늘어서서 깡충깡충 뛰놀고 있었다. 즐겁게 우쭐거리며
활발하게 뛰논다!

특히 그중 한 마리는 모이주머니를 불룩 부풀리고
건방지게 지저귀다 옆으로 옆으로 대열에서 벗어났다.
완전히 정복자 같았다!

그러는 사이 하늘에는 커다란 매 한 마리가 원을 그리며
날고 있었다. 아마도 매는 바로 이 정복자를 잡아먹는 것이
운명일지 모른다.

이것을 보자 웃음이 터져 나와, 몸을 흔들며 웃어 댔다.
그 순간 우울한 생각은 멀리 사라졌고, 용기, 과감, 삶의
욕망이 느껴졌다.

나의 매여, 머리 위에서 빙글빙글 돌아라……

"제기랄, 또 싸울 날이 올 것이다!"

— 1879년 11월

기도

인간은 무엇인가에 대해 기도해 왔고, 지금도 기적에 대해 기도한다. 모든 기도가 "위대한 신이여, 2 곱하기 2는 4가 아니게 하소서."라고 끝난다.

이런 기도만이 인간이 인간에게 하는 진짜 기도다. 우주의 영혼에게, 최고의 존재에게, 칸트의, 헤겔의, 순수한 무형의 신에게 기도하는 것은 불가능하고 생각할 수 없다.

그러나 살아 있는 개성적인 유형의 신이라 한들 2 곱하기 2는 4라는 규칙을 바꿀 수 있을까?

신자들은 "가능하다."고 대답할 수밖에 없다. 자신들도 그것을 굳게 믿어야 한다.

그런데 그의 이성이 이런 엉터리 소리에 반대한다면 어떻게 할 것인가?

그때는 셰익스피어가 구원자로 나올 것이다. "호라티우스 친구, 세상에는 별별 일이 다 있다네……."[1] 등등.

그가 진리의 이름으로 반대한다면, 저 유명한 질문을 되풀이하면 그만이다. '진리란 무엇인가?' 그러니 우리는 마시며, 즐기다 기도합시다.

— 1881년 6월

---

[1] 이 말은 『햄릿』에 나오는 유명한 문구

러시아어

   의심의 날에도, 조국의 운명을 생각하며 고민하던 날에도
그대만이 내 지팡이요, 기둥이었다. 오, 위대하고, 힘차고,
성실하고, 자유로운 러시아어여! 그대가 없다면, 지금
조국에서 일어나는 모든 것을 보면서 절망에 빠지지 않을
수 있을까? 그러나 위대한 국민에게 이런 언어가 주어졌다고
믿어야 하지 않겠는가!

— 1882년 6월

만남[1]

꿈

꿈을 꾸었는데, 어둡고 낮게 깔린 하늘 아래 모나고 굵은 돌들이 있는 광활하고 공허한 초원을 따라 걸어갔다.

길은 돌들 사이를 구불구불 맴돌아 갔다…… 나는 어디로 가는지, 왜 가는지도 모르고, 길을 따라갔다……. 갑자기 눈앞의 좁은 오솔길에 무엇인가 가느다란 구름이 나타났다…… 바라보기 시작하자, 구름은 가늘고 빛나는 허리띠를 두르고 하얀 옷을 입은 날씬하고 키 큰 여인이 되었다…… 그녀는 바쁜 걸음으로 내게서 멀어져 갔다.

나는 그녀의 얼굴도 머리털도 보지 못했다. 머리털은 굽이치는 천으로 싸여 있었다. 그러나 내 마음은 온통 그녀의 뒤를 밟고 있었다. 그녀는 아름답고 사랑스럽고 상냥해 보였다…… 어쨌든 나는 여인을 쫓아가 그녀의 얼굴을…… 그녀의 눈을…… 들여다보고 싶었다. 아, 그래! 정말 보고 싶었고, 그 두 눈을 꼭 보아야 했다.

그렇지만 내가 아무리 빨리 걸어도, 그녀는 나보다 훨씬 빠르게 움직였다. 나는 그녀를 따라잡을 수 없었다.

하지만 좁은 길을 가로막은 평평하고 넓적한 돌이 놓여 있었다……. 그 돌이 여인이 가는 길을 가로막았다.

여인은 그 앞에서 걸음을 멈추었다…… 나는 다소 두려우면서도 기쁨과 기대로 몸을 떨며 그녀에게 달려갔다.

나는 아무 말도 하지 못했다…… 하나 그녀는 조용히
나를 향해 뒤돌아보았다…….

　그런데 나는 여전히 그녀의 눈을 보지 못했다. 그녀는
눈을 감고 있었다. 얼굴이 하얗다…… 그녀가 입은 옷처럼
희었다. 그녀는 드러난 두 팔을 움직이지 않았다. 그녀는
돌로 변한 것 같았다. 그녀의 얼굴과 몸 윤곽 하나하나가
대리석상을 연상케 했다.

　팔과 다리 하나 움직이지 않고 그녀는 천천히 몸을 뒤로
젖히더니 평평한 돌 위에 누웠다.

　한데 나도 그녀와 나란히 누워 있었다. 묘석 위에 새긴
조각상처럼 온몸을 쭉 펴고, 두 손을 기도하듯 가슴에
모으고 누워 있었다. 나도 화석이 되었다고 느꼈다.

　짧은 시간이 흘렀다…… 여인은 갑자기 일어나더니
어디론가 떠났다.

　나는 달려가 그녀에게 몸을 던지고 싶었다. 그러나 몸을
움직일 수 없었다. 모은 두 팔을 벌릴 수도 없나. 나는
말할 수 없는 슬픔을 안고 그녀의 뒷모습을 그저 한없이
바라볼 뿐이었다.

　그때 그녀가 문득 나를 돌아다보았다. 나는 생기 있는
얼굴에 환하게 빛나는 눈을 보았다. 여인은 그 눈길을
나에게 쏟더니, 마침내 입술로 소리도 없이 방긋 웃어
주었다……

빨리 일어나 내게로 오세요!

하나 나는 역시 몸을 움직일 수 없었다.

그때 여인은 다시 방긋 웃으며 멀리 사라졌다. 머리를
잘래잘래 흔들고 빠른 걸음으로 사라졌다. 갑자기 새빨갛게
빛나는 작은 장미꽃 꽃다발을 머리에 쓰고 살래살래
흔들었다.

여전히 나는 묘석 위에 홀로 남은 채 움직일 수 없었다.

— 1878년 2월

---

1   이 산문시 제목은 처음에 「첫 번째 꿈」이었다가 「여인」으로 바뀌었고,
다시 「만남」으로 바뀌었다. 더욱이 원고에는 '소설'에 쓰인다고 옆에 적혀
있었다. 사실 구름을 여자로 보이게 한 대목은 만년의 중편 『클라라
밀리치』(11장)에 나와 있다.

불쌍히 여기노라……

자신을, 남을, 모든 사람을, 짐승을, 새들을 불쌍히 여기노라…… 모든 살아 있는 것들을 불쌍히 여기노라.

불행한 자들과 행복한 자들을 불쌍히 여기노라…… 불행한 자들보다 행복한 자들을 더 불쌍히 여기노라.

개선장군들과 위대한 화가들을, 사상가들과 시인들을 불쌍히 여기노라.

살인자들과 희생자들을, 추악함과 아름다움을, 압제자와 학대받는 사람들을 불쌍히 여기노라.

이 연민의 정에서 어떻게 벗어날 수 있을까?

이 불쌍함 때문에 살고 싶은 마음조차 없는데…… 연민에 권태까지 더해진다.

오, 권태여, 지루함이여, 모두가 혼합된 연민이여! 인간은 더 이상 내려갈 수 없다.

차라리 부러워하는 마음이라도 있다면…… 진짜 좋을 텐데!

그래, 나도 돈을 부러워한다!

— 1878년 2월

저주[1]

바이런의 『맨프레드』를 읽고 있었다……

맨프레드 때문에 몸을 망친 여자의 영혼이 그에게 비밀
주문을 외우는 대목까지 읽은 후 나는 약간 흥분되어
떨렸다.

기억하라. "그대의 밤들은 잠 못 이루는 밤이
되리라. 그대의 나쁜 영혼은 귀찮게 따라다니는 존재를
영원히 느끼리라. 그대의 영혼은 본래대로 자기 지옥이
되리라……."[2]

여기서 나는 다른 일이 생각났다…… 언젠가 러시아에서
두 사람의 농부들, 아비와 아들의 무서운 싸움을 직접
목격했다.

아들이 차마 들을 수 없는 욕설을 아버지에게 퍼부었다.

"저놈을 저주해 줘요, 바실리치, 저 불효자식을 저주하란
말이오!"

할머니가 다 된 아내가 소리쳤다.

"그만둬요, 페트로브나!" 노인은 둔탁한 목소리로
대답하고는 크게 십자가를 그었다.

"녀석한테 자식을 갖게 해요. 그 녀석이 제 엄마 앞에서
제 애비의 흰 수염에 침을 뱉을 거요!"

아들은 입을 열려고 하다 비틀거리더니 그대로 얼굴이
창백해져서 나가 버렸다.

이 저주가 『맨프레드』의 저주보다 더 무섭다는 생각이

들었다.

—— 1878년 2월.

1   이 산문시는 처음에는 '맨프레드'라고 이름 지었었다. 로베르트
    슈만(1810~1856)이 1848년부터 1949년에 영국의 낭만시인
    바이런(1788~1824)의 시극 『맨프레드』를 바탕으로 작곡했다. 바이런은
    맨프레드를 고뇌하는 낭만적 영웅으로 그렸다. 차이콥스키의 교향시
    「맨프레드」 작품 58(1885)도 마찬가지로 바이런의 시극을 바탕으로
    작곡되었다.
2   『맨프레드』의 주문(呪文, Incantation)에 나오는 2연을 번역한 것이다.

쌍둥이

쌍둥이가 서로 싸우는 것을 보았다. 두 사람은 얼굴
생김새, 얼굴 표정, 머리 색깔, 키, 체격까지 서로 완전히
닮았다. 그런데도 둘은 화해하기 어려울 정도로 서로를
증오하고 있었다.

그들은 분노로 얼굴을 찡그리는 모습도 같았다. 증오로
불타는 격한 얼굴을 서로 가까이 들이대는 표정도 같았다.
눈알을 번득이며 서로 노려보는 것도 같았다. 욕지거리도,
음성도, 욕설을 내뱉는 일그러진 입술 모양도 역시 같았다.

참다못한 나는 한 사람의 손을 잡고 거울 앞으로
데려가서 말했다.

"차라리 여기 거울 앞에서 욕설을 퍼붓는 게 더 나은 것
같아…… 어차피 자네에게는 마찬가지니까…… 나도 그렇게
기분 나쁘지 않아."

— 1878년 2월

지빠귀 1

잠자리에 누웠으나 잠이 오지를 않았다. 걱정이 나를
갉아먹었다. 무겁고 따분하고 단조로운 생각들이 천천히
내 머릿속을 지나갔다. 그것은 마치 비 오는 날 회색빛 언덕
위로 연속해서 기어오르는 연쇄 구름과도 같았다.

아! 그때 희망도 없는 우울한 사랑으로 내가 사랑한
건가. 오직 세월의 눈과 추위 밑에서만 있을 수 있는
사랑을! 아직 삶의 채찍에 멍들지 않았다 하더라도 마음은
남아 있으나…… 이미 젊음은 없다! 없어…… 쓸데없이
젊어지려는 것도 헛된 나이에!

창문의 망령이 하얀 얼룩으로 내 앞에 서 있었다. 방
안의 물건들이 모두 혼란스럽게 떠오른다. 여름의 이른
아침 흐릿한 어스름 속에서 물건들은 아직 움직이지 않고
조용하다. 시계를 보니, 2시 45분이다. 집 밖에도 역시
부동의 정적이 느껴졌다…… 이슬, 온통 이슬 바다다!

이러한 이슬 묻은 정원에서 바로 창문 아래 검정지빠귀가
소리 높여 재잘거리며 노래 불렀다. 검정지빠귀가 그칠 줄
모르고 자신만만하게 큰 소리로 노래했다. 가지각색으로
변하는 소리는 고요한 내 방에 스며들어 가득 채웠고, 내
귀를 쨍쨍 울렸고, 건조한 불면과 병든 정신의 슬픔에 지친
내 머릿속을 가득 채웠다.

이 소리들은 영원을 호흡했다. 이 소리들은 영원한 온갖
신선함으로, 냉정함으로, 영원의 힘으로 숨을 쉬었다. 그

소리들 속에서 대자연의 소리가 내게 들렸다. 한 번도 시작되지 않았고, 결코 끝난 적 없었던 아름다운 무의식의 소리를 들었다.

이 검정지빠귀는 우쭐하여 노래를 불렀다. 그는 알고 있다. 얼마 후면 곧 여느 때처럼 순서를 밟으며 영원히 변치 않는 태양이 반짝이며 나올 것을 알고 있다. 그 노래 속에는 그 자신의 것은 하나도 없다. 천년 전에도 역시 똑같은 태양을 기꺼이 맞았던 바로 그 검정지빠귀였다. 수천 년 후 내 주검은 보이지 않을 것이다. 나에게 남아 있는 것은 어쩌면 검정지빠귀 소리에 놀라, 살아 재잘거리는 새의 몸뚱이 주변을 공기의 흐름 속에서조차 보이지 않는 티끌처럼 날아다니는 것뿐이다.

그래서 나는 가난하고 가소로운, 사랑에 굶주린 하나의 개인으로서 너에게 말한다. 작은 새야, 고맙다. 이 울적한 시간에 뜻밖에도 내 창가에서 노래를 들려준 너의 힘찬 자유의 노래에 감사한다.

그 노래가 나를 위로하지 못하였고, 나 또한 위안을 구하지 않았다…… 그러나 내 눈은 눈물에 젖어, 한순간 움직이지 않은 죽음의 무거운 짐이 내 가슴에서 흔들렸다! 아! 여명의 가수여, 이 존재도 약동하는 네 노랫소리처럼 젊고 신선한 것이 아닐까!

차가운 파도가 사방으로부터 내게로 밀어닥치는 지금,

몸도 마음도 끝없는 바다로 밀려 흘러갈 때, 슬퍼하고
괴로워하고 나 자신에 대해 생각한들 무슨 소용이 있으랴?

눈물이 흘러내렸다…… 하지만 내 사랑스런 검정지빠귀는
예전에 들어 본 적 없는 냉담하고 행복하고 영원한 노래를
계속 읊조리고 있다!

오, 마침내 떠오른 햇빛은 슬픔에 젖은 내 볼에 얼마나
많은 눈물을 비추었던가!

그러나 낮에 나는 이전처럼 미소를 지었다.

— 1877년 7월

지빠귀 2

나는 다시 자리에 눕는다…… 또 잠이 오지 않는다.
똑같은 여름의 이른 새벽이 사방에서 나를 감싸고 있다.
다시 창문 아래 검정지빠귀는 노래하고, 가슴에서 이전의
상처가 불탄다.

그러나 새소리도 이제는 내 상처를 완화시키지 못한다.
나도 내 상처에 대해 생각하려 하지 않는다. 입이 벌어진
무수한 다른 상처들이 내 마음을 괴롭힌다. 내 소중한 피가
적자색 급류가 되어 상처에서 흘러나온다.

피는 높다란 지붕으로부터 진흙탕과 더러운 거리로
떨어지는 빗물처럼 아무런 의미 없이 계속 흘러나온다. 지금
난공불락 요새의 성벽 아래[1] 수천의 동포가 죽어 간다.
무능한 지휘관 때문에 수천의 동포가 넓게 벌어진 죽음의
아가리로 무참히 던져진다.

그들은 불평 없이 죽어 간다. 후회 없이 그들을
파멸시킨다. 그들은 자신에 대해 불쌍히 여기지 않는다.
무능한 지휘관들도 그들에 대해 불쌍히 여기지 않는다.

거기에는 정의도 죄인도 없다. 탈곡기도 알곡인지
쭉정이인지 곡물 다발을 훑어 내며 가려 낸다. 때가 밝혀
주리라.

내 상처는 대체 무엇을 의미할까? 내 고통은 무엇일까?
나는 울 수조차 없다. 그러니 머리는 불타고, 영혼은
아찔하다 사라진다. 나는 죄인처럼 싫증 나는 베개에 머리를

숨긴다.

뜨겁고 무거운 물방울이 두 볼을 적시며 미끄러진다······
내 입술로 미끄러진다. 이건 무엇일까? 눈물인가······ 아니면
피인가?

— 1878년 8월

1   이것은 같은 해 8월 8일과 9일에 투르게네프가 야스나야 폴랴나에
    있는 톨스토이를 방문했을 때의 인상을 모티브로 삼은 것이라 한다. 즉
    러시아·터키 전쟁이 종말을 고하고 특히 프레브나의 방어전에서 터키
    군의 호세, 러시아군의 막대한 희생 등 생생한 기억이 두 노대가의 화제에
    오른 것은 당연한 일이라 하겠다.

둥지도 없이

나 어디로 숨어야 하나? 무엇을 해야 하나? 나는 둥지 없는 외로운 새…… 새는 깃털을 세우고 앙상한 나뭇가지 위에 앉아 있다. 여기 남아 있자니 참으로 싫다…… 그래 어디로 날아가야 하나?

마침내 새는 날개를 펴더니 매한테 쫓기는 비둘기처럼 먼 곳을 향해 쏜살같이 곧장 날아간다. 푸르고 아늑한 작은 구석 같은 은신처 없을까? 어딘가에 잠시 둥지를 틀 수 없을까?

새는 날고, 또 날며 아래를 유심히 내려다본다.

아래로 소리도 없고, 움직임도 없고, 죽음 같은 누런 사막뿐이다.

새는 사막을 서둘러 날아 넘으면서도 여전히 우울한 눈으로 유심히 아래를 내려다본다.

아래는 바다, 사막처럼 누런 죽음의 바다다. 바다는 요동치며 움직인다. 그러나 끊임없는 파도의 굉음 속에, 단조로운 물결의 요동 속에 역시 삶은 없고, 의지할 안식처도 없다.

불쌍한 새는 지쳤다…… 날갯짓도 약해졌다. 새의 비행이 아래로 처지다가 오른다. 차라리 하늘로 날아올랐으면…… 하지만 허공 깊숙이 어디에도 둥지를 틀 수 없다!……

마침내 새는 날개를 접었다…… 그다음 외마디 소리를 길게 늘어뜨리며 바다에 떨어졌다.

파도가 새를 삼켜 버렸다…… 그리고 파도는 이전처럼 의미 없이 소음을 내며 앞으로 굴러떨어진다.

나 역시 어디로 숨어야 하나? 나도 바다에 떨어질 때가 된 것 아닐까?

— 1878년 1월

잔

우스운 일이다······ 나 자신에게 놀란다.

내 슬픔은 거짓이 아니다. 산다는 것이 참을 수 없이
괴롭고, 슬픔에 잠긴 내 마음에는 기쁨도 없다. 그런데도
나는 내 마음에 빛과 아름다움을 더하려 노력한다.
이미지와 비유를 찾아 헤맨다. 문장을 완성시키고, 단어의
음향과 화음을 다듬는다.

조각가나 금은방의 세공사처럼, 나는 직접 독을 따라
넣을 황금 잔을 열심히 조각하고 깎으면서 온갖 장식을
새긴다.

— 1878년 2월

누구의 죄인가?

그녀가 나에게 부드럽고 파리한 손을 내밀었다……
그러나 나는 그 손을 거칠고 냉정하게 떨쳐 냈다.

젊고 사랑스러운 얼굴에 당혹스런 표정이 보였다. 그녀는 젊고 선량한 눈으로 나를 비난하듯 쳐다본다. 그녀의 젊고 순결한 영혼은 나를 이해하지 못한다.

"제가 무슨 죄를 지었나요?" 그녀의 입술이 속삭인다.

"너의 죄? 가장 찬란하게 빛나는 천국의 가장 맑은 천사라도 너보다 먼저 죄를 지었을 거야."

그래도 너의 죄는 내 죄에 비해 여전히 크다.

네가 이해할 수도 없고, 내가 너에게 설명할 수도 없는, 그 무거운 죄를 알고 싶은가?

"너는 ─ 청춘, 나는 ─ 노년. 바로 이거라네."

─ 1878년 1월

처세술 2

　평온을 원하는가? 사람들과 교제하더라도 혼자 살아라, 어떤 것도 받아들이지 말라, 그리고 아무것도 후회하지 말라.

　행복해지고 싶은가? 먼저 고생하는 법을 배워라.

— 1878년 4월

뱀

허리 잘린 뱀을 본 적 있다.

자기가 흘린 피와 점액에 더럽혀진 뱀은 계속 꿈틀거리며,

경련하듯 머리를 쳐들다 혀를 보였다…….

계속 위협했지만…… 위협에는 힘이 없었다.

명예훼손으로 창피를 당했다는 작가의 칼럼을 읽었다.

그는 자기 침에 숨 막혀 퍼덕거리다,

자신의 추문으로 곪아 터진 고름에 허우적거렸다.

또한 꿈틀거리면서도 거드름을 피웠다…….

결투장을 상기시키며 결투로 자기 명예를!…… 자기
명예를 씻겠다고 말했다.

저 힘 빠진 혀를 가진 몸통 잘린 뱀이 생각났다.

— 1878년 5월

작가와 비평가

　작가는 자기 방 책상에 앉아 있었다. 갑자기 비평가가
들이닥쳤다.

　비평가가 소리쳤다. "뭐야! 내가 자네에 대한 반박 기사를
쓴 후에도 자네는 여전히 글을 지어내고 갈겨 댄단 말이야?
논문, 칼럼, 단평, 통신문들 이 모든 것들에서 자네에게는
어떤 재능도 없다는 것을, 2 곱하기 2는 4란 식으로 명백하게
증명해 주었잖아. 게다가 자네는 모국어인 우리말조차
까먹고, 예나 지금이나 무식하기로 유명하지 않나? 이제는
완전히 낡아 버려 걸레같이 되었다고?"

　작가는 조용히 비평가 쪽으로 돌아앉았다.

　"자네는 논문이나 칼럼으로 나에 대해 반대했지." 작가가
대답했다.

　"그건 확실하잖아. 자네는 여우와 고양이 우화를 알고
있지? 여우는 교활할 정도로 꾀가 많았지만, 결국 덫에
걸렸잖아. 고양이는 오로지 나무타기 재주 하나밖에
없었지만, 개도 고양이를 잡지 못하잖아. 나도 마찬가지라네.
자네의 모든 논문에 대한 답으로 나는 어느 책에 자네
모습을 전부 묘사해 놓았네. 자네의 똑똑한 머리에 어릿광대
모자를 씌워 놓았지. 그래서 자네는 그 모자를 쓰고
후세까지 뽐낼 수 있게 되었네."

　"후세까지라니!" 비평가는 깔깔댔다.

　"자네 책들이 마치 후세까지 남을 것처럼 이야기하는군!

40년, 넉넉히 잡아 50년이 지나면 아무도 읽지 않을 걸세."

"자네 말에 동의하네." 작가가 대답했다. "하나 나는 그걸로 만족하네. 호메로스는 테르시테스[1]의 이름을 길이 남겼지만, 자네는 반세기라도 가면 다행이지. 자네는 어릿광대로조차 영원히 갈 수 없네. 여보게, 잘 가게…… 이름이라도 불러 달라는 건가? 그럴 필요도 없을 것 같아…… 내가 아니라도 다들 불러 줄 거네."

— 1878년 6월

1　테르시테스는 『일리아드』 중 한 인물이다. 사팔뜨기에다 절름발이. 트로이 원정의 크리시아군 중 제일 비열했던 인간. 후에 아킬레스의 철완에 죽었다고 전해진다.

누구와 싸워야 하나……

당신보다 더 현명한 사람과 싸우라. 그가 당신을 이길
것이다……

그러나 패배해도 당신은 얻는 것이 있을 수 있다.

실력이 동등한 사람과 싸워 보라.

누가 승리하든 적어도 당신은 싸움에 만족할 것이다.

머리가 가장 부족한 자와도 싸워 보라……

승리를 바라지 말고 싸우라.

당신은 그에게 도움이 될 것이다.

어리석은 자와도 싸워 보라. 명예도 이익도 얻지
못하리라.

그러나 가끔 즐길 수 있지 않겠는가?

블라디미르 스타소프[1]와는 절대로 싸우지 말라!

― 1878년 6월

---

1   블라디미르 스타소프(1824-1906)는 음악예술비평가로 당시 러시아
     예술계에 막강한 영향력을 행사했다. 그의 도움으로 '5인조 국민음악파'
     작곡가 예술동맹이 형성되었다.

오, 나의 젊음! 오, 나의 생기![1]

— 고골

"오, 나의 젊음! 오, 나의 생기!"
언젠가 나도 외쳤지.
그러나 이렇게 감탄사를 외쳤을 때
나 역시 여전히 젊고 생기 있었지.
그때는 그저 우울한 마음에
나 자신을 희롱하고 싶었을 뿐이야.
슬픔에 젖었다가, 남몰래 즐기고 싶었을 뿐이지.
지금 나는 아무 말도 하지 않아……
잃어버린 날들이 소리 없는 질책으로
계속 나를 괴롭힌다.
"에이! 생각하지 않는 게 나아!"
농노들이 확신하는 말이다.

— 1878년 6월

---

1 고골의 소설 「죽은 농노」에서 인용한 것이다.

K에게

재잘대며 수다스런 제비도 아니야,
가늘고 날카로운 부리로 단단한 바위에
둥지를 파는 재빠른 산제비도 아니다 —
무자비한 타인의 가정에 갈수록 익숙해져
참고 견디며 살아온 영리한 나의 아가씨!

— 1878년 7월

높은 산들 사이를 걸었다

높은 산들 사이를 걸었다
산골짜기와 반짝이는 강을 따라……
시야에 보이는 모든 것들이
하나같이 내게 말한다.
"나는 사랑받았어! 사랑받은 것은 나야!
나는 다른 일을 모두 잊어버렸어!"

하늘은 내 머리 위로 푸르게 빛나고,
나뭇잎들은 속삭이고 새들은 노래하고……
구름은 줄지어 발랄하고 빠르게
어디론가 즐겁게 날아간다……
주위 만물은 행복의 숨을 쉬고 있으나
내 마음은 그것을 필요로 하지 않는다.

나를 실어 오고, 실어 가는 물결은
광활한 바다의 파도 같구나!
기쁨과 슬픔을 넘고 넘어
영혼에 평온이 찾아든다……
나 자신을 겨우 의식할 때부터
온 세상은 내 것이 되어 버렸다!

그때 왜 나는 죽지 않았던가?

그 후에도 왜 우리 둘은 살아 있었나?
해는 오고 갔건만……
아무것도 받은 게 없었다.
어리석고 행복했던 지난날보다
더 밝고 달콤한 날이 있을까 해서.

— 1878년 11월

나 죽으면

내가 죽게 될 때, 내 모든 것이 재가 되어 사방에 뿌려질 때, 오, 그대여, 나의 유일한 친구여! 아아, 그토록 깊고 상냥하게 사랑했던 사람이여, 분명 나보다 오래 살아 있을 그대여! 내 무덤에 찾아오지 마오…… 그대에게는 아무 상관없소.

나를 잊지 마오…… 하나 매일매일의 걱정, 만족, 곤궁 속에서는 나를 생각지 말아 주오…… 나 그대의 삶을 방해하고 싶지 않소. 삶의 평온한 흐름을 막고 싶지 않소.

그러나 혼자 외로울 때 소심하고 이유 없이 슬픔이 그대의 상냥한 마음에 솟아나지. 지난날 우리가 즐겨 읽던 책들 중 하나를 뽑아, 그 무렵 우리 둘이서 달콤한 눈물을 소리 없이 흘리던 그 페이지를, 그 줄을, 그 말을 찾아보시오. 기억나시오?

다 읽거든 눈감고 내게 손 내밀어 주오. 지금은 이 땅에 없는 죽은 친구의 손을 잡아 주오.

내 손으로 그걸 잡지 못하겠소. 내 손은 땅속에 가만히 놓여 있으리라…… 하지만 그때 아마도 그대 손에 닿는 가벼운 접촉을 느낄 거라는 생각만 해도 나는 지금 기쁘오.

그래서 그대 앞에 선 내 모습, 그대 감긴 눈시울에 한없이 눈물이 흘러내린다오. 우리 둘이서 미의 여신의 사랑을 빌고 함께 흘렸던 바로 그 눈물 말이오. 오, 그대여, 둘도

없는 나의 친구여! 아, 내가 그토록 깊고 상냥하게 사랑하던
그대여!

— 1878년 12월

모래시계

날은 날을 따라 흔적도 없이 단조롭고 빠르게 흘러간다.

무섭도록 빠르게 질주하는 삶이 폭포를 앞둔 강물의 흐름처럼 소리 없이 빠르게 흐른다.

죽음의 신이 뼈가 앙상한 손에 들고 있는 모래시계의 모래처럼 삶은 미끄럽게 흘러 떨어진다.

혼자 자리에 누워 있는 내 몸을 어둠이 사방에서 감쌀 때, 나는 흘러가 버린 삶의 연약하고 끊임없는 속삭임을 귀에 느낀다.

나는 인생을 애석히 여기지 않고, 못다 한 일을 슬퍼하지 않는다…… 다만 무섭다.

생각이 난다. 움직이지 않던 그 모습이 내 침대 주위에 서성거린다……

한 손에는 모래시계를 들고, 다른 손으로 나의 심장을 더듬고 있다.

마지막 공격을 서두르듯 내 가슴이 울리고, 심장을 두드린다.

— 1878년 12월

밤중에 일어나

　밤중에 침대에서 일어났다…… 어두운 창밖 저쪽에서
누군가 내 이름을 부르는 것 같았다……

　유리창에 얼굴을 대고, 눈을 크게 뜨고, 귀 기울이며
기다리고 있었다.

　그러나 창밖은 나무들이 단조로우면서도 혼란스럽게
흔들리는 소리뿐이다. 밤안개가 연기처럼 깊게 차례로
움직이는데, 같은 모습으로 기어갔다.

　하늘에는 별 하나 보이지 않고, 땅에는 불빛조차 없다.

　거기에 우수와 권태가…… 여기에 내 가슴속도 마찬가지다.

　갑자기 어디선가 먼 곳에서 슬픈 소리가 들렸다. 소리는
점점 커져 가까이 들려왔다. 마침내 그 소리는 사람 소리로
변했고, 잠잠해지더니 옆으로 스쳐 지나가 버렸다.

　"잘 있어! 잘 있어! 잘 있어라!" 사라져 가는 소리는 내게
이렇게 들렸다.

　아아! 그것은 바로 내 모든 과거가, 내 모든 행복이, 내가
사랑하고 애무하던 모든 것이, 내게 영원히 다시 못 올
이별을 고했다!

　빠르게 날아가 버린 내 삶에 고개 숙이고 잠자리에
누웠다…… 무덤 속으로 들어가듯.

　아아! 차라리 무덤 속이라면!

─ 1879년 6월

148

혼자 외로이 있을 때

분신

외로울 때, 정말 오랫동안 혼자 있을 때, 갑자기 누군가 같은 방에서 나와 나란히 앉아 있거나 내 등 뒤에 서 있는 것 같다.

고개를 돌려 보거나 사람이 있음 직한 곳으로 갑자기 눈을 돌려 볼 때, 물론 아무도 없다. 가까이 있다는 그런 느낌조차 사라진다…… 하나 얼마 후 그것이 다시 돌아오고는 한다.

종종 나는 양손으로 머리를 잡고 생각하기 시작한다.

누구일까? 어떤 사람일까? 전혀 낯선 사람은 아닌 것 같아…… 그는 나를 알고 있고, 나도 그를 알고 있다…… 어쩌면 그가 가까운 친척일지도…… 그런데 우리 사이에는 심연이 있다.

그에게 나는 목소리 하나 말 하나 기대하지 않는다…… 그는 움직이지도 않고 벙어리 같다…… 그런데 그가 내게 말을 한다…… 분명하지도 않고, 이해되지도 않는 무언가를 말한다. 그래도 익숙한 말이다. 그는 내 모든 비밀을 알고 있다.

나는 그를 두려워하지 않는다…… 그래도 그와 같이 있으면 왠지 어색하다. 이런 내적인 생활의 목격자는 거북하다…… 그렇지만 그와의 삶은 아주 남남처럼 서먹서먹한 기분은 아니다.

혹시 자네는 내 분신 아닌가? 과거의 '나' 아닌가? 그래, 분신이 분명하다. 내가 기억하는 과거의 나와 현재의 나 사이에 있는 심연이 아닐까?

그런데 그가 내 명령으로 오는 건 아니다. 그에게는 자기 나름의 의지가 있는 것 같다.

형제여, 역겨운 고독의 침묵 속에서 자네도 나도 유쾌하지 않아!

잠깐만 참아라…… 내가 죽으면, 우리는 하나가 될 것이다. 과거의 나와 현재의 내가 한 몸이 되어 영원히 돌아올 수 없는 어둠 속으로 질주해 갈 것이다.

— 1879년 11월

사랑으로 가는 길

　모든 감정은 사랑과 정열을 향해 갈 수 있다. 증오, 연민, 냉담, 존경, 우정, 공포도
　— 심지어 경멸까지도. 그렇다, 감정이란 감정은 모두……
단 하나 감사만은 예외다.
　감사는 빚이다. 사람은 누구나 빚을 갚는다…… 그러나
사랑은 돈이 아니다.

— 1881년 6월

미사여구

나는 겁이 나 미사여구를 피한다. 그러나 미사여구에
대한 두려움 역시 일종의 불만이다.

그렇게 복잡한 우리 생활은 이 두 외래어 사이를, 불만과
미사여구 사이를 오가며 헤맨다.

— 1881년 6월

단순

단순! 단순!
사람들은 너를 성자라 부른다……
그러나 성스러운 것은 —
이미 인간 세상의 일이 아니다.
겸손 — 바로 이것이다.
겸손은 오만을 누르고 승리한다.
그러나 잊지 말라.
승리의 감정 속에는 이미 오만이 깃들어 있음을.

— 1881년 6월

브라만

브라만은 자기 배꼽을 바라보고, '옴'[1]을 반복함으로써 신성에 접근한다. 그러나 인간의 몸 중 바로 이 배꼽보다 더 신성하지 않은 것, 인간의 무상을 생각나게 하는 것이 어디 있을까?

— 1881년 6월

1   마법의 주문, 이것을 되풀이 외움으로써 마법이 일어난다.

그대가 울었지……

내 불행과 슬픔에 그대가 울었지.
그대의 동정이 가슴에 차올라 나도 울었지.
아니, 그대 또한 슬퍼서 운 것 아닌가.
그대는 단지 불행과 슬픔을 나에게서 보았을 뿐이지.

— 1881년 6월

사랑

사랑은 세상을 초월한 가장 고귀한 감정이라는 거야.

타인의 자아가 그대 마음에 뿌리를 내린 거야.

그대는 부풀어 오르다 결국 무너진다네.

이제 그대만 겨우 살아났지만(?) 그대 안의 내 자아는
죽었네.

하지만 피와 살을 가진 사람은 그런 죽음조차 화나게
마련이야……

불사의 신들만이 부활한다지……

— 1881년 6월

진리와 정의

"당신은 왜 영혼의 불멸을 그처럼 높이 평가하나요?"
내가 물었다.

"왜냐고요? 그건 의심의 여지가 없는 영원한 진리를 얻기
위해서지요…… 그런데 내 생각으로는 진리에 최고의 행복이
있기 때문입니다!"

"진리를 얻는다고요?"

"그럼요."

"자, 그러면 한번 다음 장면을 상상해 보시죠? 몇 명의
젊은이들이 모여 서로 이야기하고 있어요…… 그때 갑자기
친구 한 명이 뛰어 들어오죠. 그의 눈이 예사롭지 않게
섬광으로 빛났어요. 환희에 차 간신히 말할 수 있었어요.
"뭐야? 무슨 일이야?"

"친구들, 내가 어떤 진리를 알아냈는지 들어 봐! 입사각과
반사각은 똑같다네! 이뿐만이 아니네. 두 점을 잇는 가장
짧은 길은 직선이지!"

"오, 정말 참으로 행복하네!"

감동한 젊은이들은 서로서로 얼싸안으며 소리쳤어요!
당신은 비슷한 상황에 처해 본 적 없나요? 당신은
비웃는군요…… 바로 그것이 문제입니다. 진리로
행복을 얻을 수 있는 건 아닙니다…… 그러나 정의로는
가능하지요…… 정의는 지상의 것이고, 우리 인간의
일이니까. 진실과 정의죠! 정의를 위해서는 죽음도 불사할

157

수 있지요…… 삶이란 모두 진리를 기반으로 하지요. 한데 '어떻게 진리를 소유한다는 거죠?' 어떻게 진리로 행복을 찾는다는 거죠?"

— 1882년 6월

자고새

지긋지긋한 오랜 불치병으로 고통을 받으면서 침대에 누워 생각했다. 내가 왜 이런 일을 겪어야 하지? 내가 왜 벌을 받아야 하지? 내가, 하필 내가? 이건 불공평해, 공평하지 않다고!

머릿속에 다음 이야기가 떠올랐다……

어린 자고새 한 무리가, 한 스무 마리 될까, 볏짚 사이로 모여들었다. 그들은 즐겁게 서로 몸을 비벼 대며 행복하게 무른 땅을 헤집고 다녔다. 사냥개가 갑자기 새들을 쫓아 버렸다.

자고새들이 일제히 날아올랐다. 총성이 울리고, 그중 한 마리가 날개에 총을 맞아 상처를 입고 떨어졌다. 그다음 힘들게 발을 끌며 쑥 덩굴 속으로 숨었다.

사냥개가 찾는 동안, 아마 불쌍한 자고새도 이렇게 생각할 것이다.

'우리는 모두 스무 마리나 있었는데, '어째서' 나야…… 왜 하필 나야, 왜 내가 총에 맞아 떨어져 죽어야 하지? 왜? 다른 자매들도 많은데, 왜 하필 나한테 이런 일이 생기는 거야? 이건 불공평해!'

환자여! 그저 누워 있게. 죽음이 당신을 찾아낼 때까지.

— 1882년 6월

159

NESSUN MAGGIOR DOLORE[1]

푸른 하늘, 솜털처럼 가벼운 구름, 꽃향기, 젊은이의
달콤한 목소리,
위대한 예술 창조의 찬란한 아름다움,
매력적인 여성의 얼굴에 보이는 행복의 미소, 고혹적인
눈……
이 모든 게 다 무엇을 위한 것인가?
두 시간마다 먹어야 하는 아무 소용없는 추한 약 한
숟가락 ─
필요한 것은 이것뿐이라네.

─ 1882년 6월

---

1   이탈리아어로 "더 이상 괴로운 것은 없다."는 의미. 『신곡』(「지옥」편, 5곡
    123행)

수레바퀴에 치여

"무슨 신음 소리야?"

"괴롭다. 몹시 괴로워."

"너는 시냇물이 바위에 부딪히는 소리를 들어 본 적 있니?"

"있지…… 왜 물어보는데?"

"왜냐고! 물소리도, 신음 소리도, 모두 소리에 불과해.

아마도 시냇물의 속삭임은 종종 사람의 청각을 즐겁게 만들어 주지만,

네 신음은 누구의 동정도 받지 못해.

그렇다고 지금 당장 그만두라는 건 아니야. 그저 알고나 있어.

그건 그저 소리에 불과할 뿐이야.

부러지는 나무 소리와도 똑같아. 그 이상은 아니야."

— 1882년 6월

응애, 응애

그때 나는 스위스에서 살았다. 나는 젊고 자존심이
강했지만, 아주 외로웠다. 내 인생은 우울하고 힘든
나날이었다. 아직 경험해 보지 못한 것들이 많았지만
무엇인가를 그리워하면서 분노를 느꼈다. 이 세상 모든 것이
하찮고 비천해 보인 나는 젊은 사람들에게 자주 일어나는
자살을 남몰래 생각했다. '두고 봐, 증명하고 복수하는
거야.' 이런 생각이 끊임없이 들었다. 그런데 무엇을
증명하고 무엇에 복수할지에 대해서는 나도 알 수 없었다.
유리병 속 와인처럼 뜨거운 피가 내 안에서 숙성되고
있었다…… 그리고 나는 그것을 쏟아내고 병을 깨뜨려야
할 것 같았다. 바이런은 나의 우상이었고, 맨프레드는 나의
영웅이었다.

어느 날 저녁 나는 맨프레드처럼 산 정상에 오르기로
했다. 빙하를 넘어 사람들로부터 멀리 떨어져 식물조차
자라지 않고, 오직 죽음만 있는 우뚝 솟은 바위들과 아무
소리도 들리지 않는, 폭포의 울음소리조차 들리지 않는
곳으로 향했다!

거기서 무엇을 하려 했는지…… 나는 알지 못했다……
어쩌면 자살을 했을지도?

나는 길을 나섰다……

오랫동안 걸었다. 처음에는 도로를 따라 그다음에는
오솔길을 따라 점점 높이 올라갔다…… 점점 더 높이. 이미

오래전에 마지막 집들과 나무들을 지나쳤다…… 돌들만이 나를 둘러쌌고, 가까우나 보이지 않는 눈〔雪〕이 강한 냉기를 뿜어 댔다. 밤그림자는 검은 소용돌이가 되어 사방에서 다가왔다.

드디어 나는 멈춰 섰다.

얼마나 무서운 침묵인가!

이야말로 죽음의 왕국이었다.

그리고 이곳에서 나는 외톨이였다. 교만해진 불행과 절망과 경멸을 품고 살아가는 유일한 인간…… 살아 있는, 의식하는 인간, 삶으로부터 도망친, 살고 싶어 하지 않는 그런 인간이었다. 알 수 없는 공포가 나를 휘감았지만, 나는 나를 위대한 인간이라 상상했다!……

맨프레드 ── 이제 충분하다!

"외톨이! 나는 외톨이!" 자꾸 되새겨 보았다. "혼자 죽음을 마주 보고 있다! 때가 오지 않았는가? 그래…… 시간이 되었다. 잘 있어라, 이 어리석은 세상아! 이제 너를 발로 찰 것이다!"

바로 그 순간 기묘한 소리가 들려왔다. 단번에 알아들을 수 없었지만, 그것은 살아 있는…… 인간의 소리였다…… 깜짝 놀라 귀를 기울였다…… 그 소리가 다시 반복되었다. 이긴 젖먹이 아기의 울음소리였다! 이 황량한 산꼭대기에서 이미 오래전 죽어 버린 이곳에서 아기 울음소리라니! 나의 놀라움은 이내 숨 쉬기 어려울 정도의 기쁨으로 변했다.
그리고 나는 부리나케 길을 살피지도 않고 나를 구원해 준
약하면서 가여운 그 울음소리를 향해 달리기 시작했다!

이윽고 눈앞에 흔들리는 불빛이 보였다. 나는 더 빨리
달리기 시작했고, 그 순간 나지막한 오두막을 발견했다. 돌로
얹어 평평한 지붕을 지은 이 집은 알프스의 목동들이 몇 주
동안 지내는 피난처였다.

나는 반쯤 열려 있는 문을 밀어젖히고, 마치 죽음이 내
뒤를 쫓아오는 것처럼 뛰어들었다……

젊은 여성이 벤치에 기대어 아기에게 젖을 먹이고 있었고,
남편으로 보이는 목동이 그녀 옆에 앉아 있었다. 그들은
나를 빤히 쳐다보았지만 나는 아무 말도 할 수 없었다……
그저 그들을 향해 미소 지으며 고개를 끄덕였다.

바이런, 맨프레드, 죽음을 소망하던 내 바람은, 나의
자랑과 나의 위엄은 다 어디로 갔는가?……

아기는 계속 울어 댔고, 나는 아기와 엄마와 아버지를
축복해 주었다.

오! 방금 태어난 이 뜨거운 인간의 울음소리! 네가 나를
살렸다! 네가 나의 병을 치료했다!

— 1882년 11월

나의 나무들

옛날 대학 친구로부터 편지를 받았다.
부유한 지주였던 친구가 자기 영지로 나를 초대한 것이다.
오랫동안 병을 앓아서인지 친구는
눈이 멀고 중풍까지 걸려 제대로 걷지 못했다.
……그를 만나러 간 것이다.
넓은 정원 가로수 길에서 그를 만났다.
한여름인데도 친구는 털외투를 걸치고,
초록 양산으로 눈 위까지 가렸다.
친구는 쇠약해져 꼬부라진 몸으로 작은 사륜차를 타고
있었다.
화려한 제복의 두 하인이 사륜차를 뒤에서 밀고 있었다.
"참 잘 와 주었네." 친구는 무덤 속에서 부르는 목소리로
나를 반겼다.
"조상 대대로 내려온 내 땅이네,
천년 수령의 나의 나무 그늘로 정말 잘 와 주었네!"
그의 머리 위로는 천년 묵은 아름드리 떡갈나무가
울창하게 가지를 뻗고 있었다.
나는 속으로 생각했다. '오, 천년의 거목이여, 들었는가!
다 죽어 가는 벌레가 당신의 뿌리 밑을 기어 다니며
당신을 가리켜 나의 나무라 부른다네!'
바로 이때 미풍이 지나가며 거목의 울창한 나뭇잎을
살랑살랑 흔들었다…….

늙은 떡갈나무가 내 생각이나 환자의 자만에
상냥하고도 조용한 웃음으로 답하였다.

— 1882년 11월

1818년   오룔 지방 스파스코예 마을에서 아버지 세르게이
          투르게네프와 어머니 바르바라 페트로브나의 둘째 아들로
          출생

1827년   가족이 모스크바로 이사. 기숙학교에 입학하여 2년 생활

1833년   모스크바대학교 어문학부에 자비 학생으로 입학

1835년   부친 사망. 페테르부르크대학교 철학부로 전학. 바이런의
          「맨프레드」를 모방한 극시 「스테노」 발표

1836년   셰익스피어의 「오셀로」와 「리어왕」, 바이런의 「맨프레드」를
          러시아어로 번역

1837년   푸시킨과의 첫 조우. 며칠 후 결투로 사망한 푸시킨의
          장례식에 참석
          학사 시험에 합격

1838년   독일 베를린 대학교에서 유학, 그리스 로마 문학 수강, 고대
          그리스어와 라틴어 독학, 헤겔과 독일 관념 철학에 열중
          니콜라이 스탄케비치와 미하일 바쿠닌을 만남

1839년   스파스코예 고향집에 화재. 작가 미하일 레르몬토프와
          만남

1841년   러시아로 귀국, 어머니 영지 스파스코예로 귀향. 바쿠닌의
          영지 방문

1842년   페테르부르크대학교 박사학위 논문 제출을 위한 철학과
          라틴어 시험 합격
          농노인 이바노바와의 사이에 딸 펠라게야(후에 폴리네트로
          개명) 출생
          후에 폴린 가족에게 보냄

1843년   비평가 비사리온 벨린스키와 만남. 서사시 「파라샤」 발표와
          벨린스키의 호평

페테르부르크를 방문한 오페라 가수 폴린 비아르도 부인과
첫 만남

1845년	내무성 일 사퇴 후 창작에 열중. 도스토예프스키와 만남
1847년	《현대인》 1호에 『사냥꾼의 수기』의 연작 중 첫 작품 「호르와 칼리니치」 발표
1848년	파리에서 혁명 목격, 알렉산더 게르첸과 만남
1850년	모스크바에서 모친 사망. 중편 「잉여인간의 일기」, 희곡 「시골에서의 한 달」 집필
1852년	고골의 죽음을 애도하는 추도문 작성으로 체포 구금 추방 『사냥꾼의 수기』 단행본으로 출판. 일류 작가로서의 지위 확보
1854년	《현대인》에 단편 「무무」 발표
1855년	장편 「루딘」 완성, 「파우스트」 집필
1856년	《현대인》 1, 2호에 「루딘」 발표
1858년	《현대인》 1호에 중편 「아샤」 발표. 로마, 빈, 런던을 여행 후 러시아로 귀국.
1859년	《현대인》 1호에 장편 「귀족의 보금자리」 발표. 문학기금회의 창립회원
1860년	「전야」와 「첫사랑」 발표
1861년	농노해방령, 「아버지와 아들」 집필
1862년	《러시아통보》 2호에 「아버지와 아들」 발표
1867년	장편 「연기」 발표. 바덴바덴에서 도스토예프스키와 불화
1877년	장편 「처녀지」 발표. 프랑스어 번역본도 동시 출판
1879년	형 사망. 옥스퍼드대학교에서 명예 법학박사 학위 받음
1880년	러시아 문학 애호가 협회에서 푸시킨에 대한 연설
1881년	고향 마지막 방문
1882년	척추골수암 증상으로 통증. 《유럽통보》 12호에 산문시 50편 발표
1883년	병세 악화로 파리에서 부지발로 이동.

8월 22일 파리 교외에서 폴린 비아르도가 지켜보는 가운데 사망.

벨린스키 곁에 묻히고 싶다는 유언에 따라 페테르부르크의 볼코프 공동묘지에 안장

일리야 레핀이 그린 투르게네프 초상(1879)

가장 서구적인 러시아 인텔리겐치아 작가

조주관

　이반 세르게예비치 투르게네프(1818~1883)는 러시아 중부 지방 오룔에 있는 어머니의 영지에서 태어났다. 아버지는 몰락한 귀족 가문 출신이었으나 어머니는 부유한 대귀족이었다. 아버지 세르게이 니콜라예비치 투르게네프는 기병장교(대령)로서 보로디노 전투에서 수훈을 세워 훈장을 받기도 했다. 수려한 외모와 여성 편력으로 유명했던 아버지는 방탕과 도박으로 재산을 탕진한 후 기울어진 가세를 일으켜 세우기 위해 부유한 노처녀와 정략결혼을 택했다. 그가 스물세 살 때 5000명의 농노를 거느린 여섯 살 연상의 부유한 여지주 바르바라 페트로브나와 결혼한 것이다. 이러한 부모 이야기를 모티브로 한 자전적 소설이 「첫사랑」이다.

　투르게네프의 아버지는 어머니에게 애정이 없었다. 못생긴 용모에 포악한 성격의 어머니와 방탕한 바람둥이 아버지와의 부부싸움은 그칠 날이 없었다. 싸울 때마다 부모는 자식들에게 화풀이를 했고, 특히 어머니는 아무 이유 없이 이린 투르게네프를 때렸다. 게다가 어머니의 분풀이는 농노들에게도 이어졌다. 이 과정에서 투르게네프는 가혹한 농노제도의 참상을 직접 목격할 수 있었다. 이러한 이유로 투르게네프는 러시아의 농노제 폐지를 위해 일생을 바치겠다고 맹세하기도 했다. 실제로 「사냥꾼의 수기」와 「무무」는 농노제의 실상을 폭로하여 농노해방에 크게 기여한 소설들이다. 영국 작가 존 골드워디는 농노제의 잔인함을 적나라하게 폭로한 「무무」를 세계문학에서 가장 감동적인 단편이라고 평했다.

투르게네프는 모스크바대학교 문학부를 거쳐 페테르부르크 대학교 철학부를 졸업하고 베를린대학교에 유학하면서 서구주의자가 되었다. 그는 당시 러시아 지성계를 대표하는 알렉산더 게르첸, 미하일 바쿠닌, 비사리온 벨린스키, 니콜라이 스탄케비치 등과 교류했다. 특히 19세기 전반 러시아 최고의 비평가인 벨린스키와의 교류는 유명하다. 벨린스키는 러시아 문학이 낭만적 서정시에서 리얼리즘 소설의 시대로 넘어가야 한다고 주장하고, 러시아 문학의 민중성을 강조한 비평가다. 투르게네프는 벨린스키를 통해 사회문제에 눈뜨게 되고, 작가로서 소명의식을 갖게 된다. 그는 자신의 대표작인 『아버지와 아들』을 벨린스키에게 헌정하고, 죽어서는 그의 무덤 옆에 묻힌다. 투르게네프는 계몽과 교육, 문명의 가치를 중시하면서 민중 계몽에 앞장선 서구주의자요, 진보적인 정치 사회 사상을 이해한 점진적 개혁주의자였다.

투르게네프는 일곱 편의 장편소설 「루딘」, 「귀족의 둥지」, 「전야」, 「첫사랑」, 「아버지와 아들」, 「연기」, 「처녀지」를 썼다. 이 일곱 편의 장편소설은 러시아 사실주의 문학의 대표작으로 당대 러시아 사회의 단면을 비판적으로 보여 주는 기록이다.

투르게네프는 스물다섯 살이 되던 해 모스크바 공연을 온 프랑스 오페라 가수 폴린 비아르도를 만나 첫눈에 반하게 되었다. 그때 비아르도는 스물두 살로 투르게네프보다 나이는 어렸지만 이미 결혼한 유부녀였다. 투르게네프는 평생 결혼을 하지 않고 그녀 주변을 맴돌면서 보통 사람들은 이해하기 어려운 이상한 우정과 사랑을 나누었다. 파리에 오랫동안 체류하면서 그녀는 물론 그녀의 남편과도 친구로 지내며 사냥도 함께 다닐 정도였다. 세 사람이 한 집에서 살면서 특이한 삼각관계를 유지했기에

'이상한 투르게네프'라고 말하는 사람들도 있었다. 투르게네프는 폴린 비아르도의 음악적 재능의 포로이자 숭배자였다. 그녀의 모든 유럽 순회공연을 쫓아다녔다. 그들은 서로의 예술에 대한 칭찬을 아끼지 않았다. 여가수 비아르도와의 친교를 통해 투르게네프는 사랑하는 사람들의 모순된 심리와 사랑이라는 감정의 덧없음, 이중적이고 비극적인 사랑의 속성을 섬세하게 묘사하는 사랑의 시인이 될 수 있었다.

1860년 이후 가혹한 검열로 자유로운 창작활동이 어려워지고 이념적 줄서기를 강요하는 러시아 지식인들의 행태에 환멸을 느낀 투르게네프는 비아르도를 따라 프랑스로 건너가 유럽에서 여생을 보냈다. 그는 가장 서구적 교양을 갖춘 인텔리겐치아 작가로 통했다. 러시아 인텔리겐치아는 지식인 중에서도 특히 사회의식이 강한 비판적 지식인을 말한다. 투르게네프는 유명한 서구 작가들(모파상, 플로베르, 에밀 졸라, 빅토르 위고, 조르주 상드, 헨리 제임스 등)과 교류했다. 그는 러시아 작가들을 서구에 알린 작가로도 유명하다. 푸시킨과 고골 같은 러시아 작가들의 작품을 번역해 유럽에 소개한 것이다. 파리의 문학 서클에서 투르게네프는 유명인사가 되었다. 옥스퍼드대학교는 그에게 명예학위를 수여했다. 투르게네프는 파리 교외의 작은 마을 부지발에 있는 별장에서 폴린 비아르도가 지켜보는 가운데 행복한 죽음을 맞이했다. 유언에 따라 그의 주검은 페테르부르크의 볼코프 공동묘지에 있는 벨린스키 무덤 옆에 안장되었다.

왼쪽 위 : 세르게이 투르게네프(투르게네프의 아버지)

오른쪽 위 : 바르바라 페트로브나(투르게네프의 어머니)

아래 : 옥스포드 대학교 명예학위 수여식 사진(1879)

시로 시작하여 시로 끝내다

조주관

투르게네프는 아름다움에 대한 섬세한 감각, 유려한 문체, 예리한 관찰력, 그리고 우아한 예술적 향기를 풍기는 시인이며 소설가다. 러시아 리얼리즘 문학의 대가로서 현실에 객관적인 태도를 취하며 인생의 진리를 표현하려 했다. 그는 러시아인들의 삶을 과장하거나 미화하지 않고 사실 그대로 묘사했다. 다양한 계층의 삶을 보여 주면서 자신이 느끼는 그대로 적었다. 러시아 숲과 대지를 노래한 그의 작품은 서정적 향기가 짙게 풍긴다. 그는 결코 자기도취에 빠지는 일이 없고, 오히려 자신의 감정을 억누름으로써 독자에게 보다 깊은 감동을 준다. 투르게네프를 모르면 러시아어의 아름다움과 힘을 논하지 말라는 말이 있다. 그는 자타가 공인하는 러시아 최고의 문장가였다.

산문시에 대하여

투르게네프는 소설로 유명하지만 시로 시작해서 시로 끝낸 작가다. 서정시로 문학적 경력을 시작하여 산문시로 마지막을 장식했기 때문이다. 산문시에는 그의 인생관, 자연애, 주국애, 휴머니즘, 사랑, 자연의 무심함, 허무주의, 비관적 염세주의, 철학이 집대성되어 있다. 투르게네프는 생의 말년에 여든세 편의 산문시를 썼다. 원래 그 자신은 산문시 발표를 원하지 않았지만 편집장의 끈질긴 권유에 따라 작품을 《유럽통보》에 발표하였다.

산문시란 서정시가 갖는 대부분의 특징을 공유한 산문 형식의 시를 말한다. 일반적으로 산문시는 리듬, 이미지, 그리고 비유를 광범위하게 사용한다. 산문시는 시행을 나누지 않는다는 점에서

자유시와 다르다. 이것은 산문시가 리듬의 단위를 행에 두지
않고 문장이나 문단에 두고 있음을 말한다. 산문시는 구성상
리듬이 중시되지 않기에 거침없이 읽을 수 있다. 사실 산문시는
러시아 문학의 고유 장르가 아니다. 산문시가 하나의 장르로
인식되기 시작한 것은 보들레르(1821~1867), 말라르메(1842~1898),
베를렌(1844~1896), 랭보(1854~1891), 프랑시스 잠(1868~1938) 등
프랑스 시인들이 산문시를 쓴 이후부터다. 생애 대부분을
프랑스에서 보낸 투르게네프는 플로베르, 졸라, 모파상 등 프랑스
작가들과 친교를 맺었다. 그는 파리에 체류하는 동안 보들레르의
산문시에서 많은 영향을 받았다.

투르게네프는 한국과 일본의 근대문학 형성기에 가장 많이
읽히고 번역된 작가 중 한 사람이다. 두 나라는 다른 어떤
러시아의 유명 시인들보다 투르게네프의 산문시를 압도적으로
많이 번역했다. 일본에서도 문학청년들 사이에서 그의 산문시는
인기가 높았다. 난해한 프랑스 상징주의 시와는 달리, 쉽게
읽히는 시어로 삶의 지혜를 담고 있기 때문이다. 일본을 통해
투르게네프를 수용한 우리의 사정 역시 비슷하다. 여러 학자들의
주장처럼 투르게네프의 산문시는 우리나라의 '산문시' 장르
형성에 크게 기여했다. 김용직에 따르면 한국 근대 시단이 한국
전통의 정형시를 벗어나 새로운 형태의 한국 근대시를 모색할
때, 투르게네프의 산문시는 이해하기 쉽고 새로운 형태와 양식을
지니고 있어서 널리 이입되고 수용되었다고 한다.

투르게네프와 한국 문학
한국과 러시아는 외세의 지배라는 유사한 역사적 경험을
겪었다. 우리가 35년간 일제강점기를 경험했다면 러시아는
240년간 몽골 타타르의 지배를 받았다. 두 나라는 역사적으로나
정서적으로 비슷한 나라였기 때문에 한국 독자들에게 러시아

문학은 가장 쉽게 접근하여 이해할 수 있는 문학이었다.
현실비판정신과 휴머니즘을 특징으로 하는 러시아 문학은 한국
근대문학 형성에 지대한 영향을 미쳤다. 실제로 서구 문학이 처음
유입되어 소개되었을 때, 가장 많이 읽힌 것이 러시아 문학이었다.
일제강점기 시대에 우리나라에서 가장 많이 읽힌 작가가
톨스토이와 투르게네프였다고 한다.

투르게네프는 「잉여인간의 수기」(1850)에서 시대의 전형적
인물 유형인 '의지가 박약한 지식인'을 다루었다. 여기서 그는
이전의 러시아 문학이나 자신의 작품에도 자주 등장하는 의지가
나약한 지식인 주인공들에게 "잉여인간"이라는 별칭을 붙여
주었다. 러시아 잉여인간의 이미지가 손창섭의 「잉여인간」에서는
모방과 변주로 나타나며, 염상섭의 「표본실의 청개구리」에서
박물관의 개구리 해부 장면은 투르게네프의 「아버지와 아들」에서
바자로프가 개구리를 해부하는 장면을 모방한 것이다.

이 소설에서 투르게네프는 니힐리즘이나 니힐리스트라는 말을
대중적으로 유행시켰다. 니힐리즘은 종종 허무주의로 번역되나,
이 번역은 약간 문제가 제기될 수 있다. 원래 니힐리스트는
세상의 모든 권위와 가치를 부정하는 상당히 과격한 사람이다.
그래서 19세기 후반 니힐리스트라는 말은 테러리스트와 거의
동일시되었다. 심훈의 「상록수」에 나타난 농촌계몽사상은
투르게네프의 소설 「처녀지」에서 보여 준 브나로드(Vnarod)
운동의 영향을 반영한다.

이러한 영향력은 투르게네프의 시를 통해서도 직간접적으로
확인된다. 투르게네프의 산문시 가운데 한글로 번역된 첫 시는
여성 인민주의자의 자기희생을 환상적으로 그린 정치적인 시
「문지방」(1914년 번역)이다. 이 산문시는 사회의식을 가지고 투쟁의
대열에 나서려는 한 처녀와 필대자 긴의 대회로 이루어진 민중
혁명시다. 그들의 대화는 세례식 교리문답처럼 진행되며, 선택의

경계선에 서게 된 한 인간의 의지가 선명하게 나타나 있다. 맹세의 선서를 마친 처녀가 문지방을 넘어 고통과 자기희생의 세계로 넘어가는 순간 "바보" 또는 "성녀"라는 타자들의 목소리가 들려온다. 이 처녀는 실존 인물로 사악한 경찰총경에게 권총을 쏜 러시아 최초의 테러리스트 베라 자술리치다. 이처럼 새로운 역사는 종종 바보들에 의해 창조되기도 한다.

　두 번째로 번역된 「거지」는 투르게네프의 산문시 가운데 최고의 인기를 누린 시다. '걸식'이나 '비렁뱅이'라는 제목으로 소개되기도 했다. 가난은 식민지 조선에만 국한된 것이 아니라 어느 시대에나 있어 왔지만, 개화기 한국 문학은 유독 가난 문제에 몰입했다. 함석헌은 한국 역사를 길거리 거지 처녀의 역사, 창녀의 역사로 비유했다. 가난이 도시와 문학 모두를 장악한 것이 현실이었다. 자연스럽게 가난의 심리와 의식을 표현하는 문학작품들이 많이 나왔다.
　「거지」는 또 다른 시를 낳는 시다. 「거지」는 거듭 번역되었을 뿐 아니라 윤동주의 「투르게네프의 언덕」을 위시하여 다양한 유사 제목의 창작물을 낳았다. 가난을 동정하여 고통에 손을 내미는 귀족의 행동은 공감을 받을 수밖에 없었다. 투르게네프의 「거지」에서 화자는 거지에게 줄 것이 없자 대신 손을 내밀어 마음의 적선을 하고, 그것에 고마워하는 거지를 보며 자신도 마음의 적선을 받게 된다.
　「투르게네프의 언덕」은 「거지」의 모방과 변주이지만 원작과는 다른 고유한 독특함이 있다. 투르게네프의 시 「거지」의 주제는 휴머니즘이다. 늙은 거지에게 적선하고 싶었던 화자는 오히려 거지로부터 위로와 적선을 받는다. 투르게네프는 적선의 의미를 뒤집는데 시에서 화자보다 마음이 더 풍요로운 사람은 남루한 거지라는 사실에 독자는 감동을 받는다. 반면 윤동주의 시에서는 적선은커녕 어떠한 교감도 일어나지 않는다. 세 명의 소년 거지에 대한 화자의 동정심은 이기심을 넘어서지 못한다. 스스로를 자주 부끄러워했던 윤동주의 시는 자기비판의 목소리를 들려주는 자기성찰의 시다.

투르게네프의 「노동자와 흰 손」은 노동자와 인텔리겐치아라는 두 계층 간 계급의식과 대립을 진술하면서도 객관적으로 잘 보여 주는 산문시다. 이 시는 감옥에 수감된 노동자와 혁명가가 나누는 대화로 진행된다. 육체노동자의 검은색과 부르주아 인텔리겐치아의 흰색이 서로 대비되어 묘사된다. 프롤레타리아 민중과 인텔리겐치아 사이의 근본적인 괴리감이 잘 드러난다. 또한 「노동자와 흰 손」은 시대의식이 반영된 시다.

러시아의 19세기는 낡은 봉건 질서의 몰락과 서구 사상의 소용돌이 속에서 신음하던 시기였다. 새로운 이념에 빠지게 된 인텔리겐치아들은 자연적으로 사상 논쟁에 깊숙이 관여하게 되면서 결국은 사상의 노예로 전락하게 된다. 사상에 물든 사람은 사상의 맹목적 광신자가 되어 타인의 사상과 삶에 대한 겸허한 의견을 무시한다. 사상이란 원래 치밀하게 체계화된 논리이며 사유 활동이다. 그래서 사상은 의식화된 지식인의 무기로 전락하는 수가 많다. 이론 위주의 추상적 사상은 지식의 산물로서 종종 논리적으로 설명하기 어려운 구체적인 삶의 의미를 무시하거나 밀어낸다. 다시 말하면 이론에 빠진 사람은 삶의 실제 경험에서 나온 진리를 왜곡시킬 수 있다.

평가에 대하여

투르게네프에게는 다양한 평가가 따라다닌다. 소설가 모파상은 "투르게네프는 금세기 가장 탁월한 작가 중 한 사람이며, 동시에 가장 정직하고 직설적이며 모든 일에 성실하고 다정다감한 사람이다."라고 말했고, 헨리 제임스는 "투르게네프는 아름다운 천재이며 소설가의 귀감이 되는 소설가다."라고 평했다.

러시아 풍자 소설가 미하일 살티코프-시체드린은 "투르게네프의
작품을 읽으면 숨결이 가벼워지고 믿음이 생기고 따스함을
느끼고 우리 마음의 도덕적 수준이 고양된다. 그리고 어느새 그를
사랑하게 된다."고 언급했다.

투르게네프는 서정미 넘치는 아름답고 우아한 문체, 아름다운
자연 묘사, 정확한 작품 구성, 줄거리와 인물 배치의 균형, 높은
양식과 교양으로 널리 알려져 있다. 투르게네프의 산문시 역시
소설 못지않게 정밀하게 계산된 예술적 균형과 가치, 억제된
과장, 그리고 심리 묘사에 대한 고려 등으로 동시대 다른 유명
시인들과 구분된다. 그의 예술 작품에서는 어떤 뚜렷한 선이나
강한 색채를 찾아볼 수 없다. 그의 시는 마치 어스름한 달밤에
자연을 보는 듯하다. 자연의 부드러운 색조는 우수에 잠겨 있는
중부 러시아의 하늘과 공기를 연상시킨다.

그의 산문시들은 자연의 서정성을 담고 있을 뿐만 아니라,
시사적이며 시대의식을 반영한 작품으로서 예리한 심리 묘사와
사회 분석으로 보편적 호소력을 지닌다. 그의 창작 목표는 삶의
진리를 규명하는 일이었다. 그 자신 역시 아주 매력적이고 재치
있으며 정직한 시인이었다. 도시적 세련미가 넘치는 인격자인
투르게네프는 삶 속의 아름다움을 소중히 다루는 작가였다.

번역에 대하여

번역은 단순히 한 언어를 다른 언어로 옮기는 기계적 단순
작업이 아니다. 번역은 작가, 역자, 원전, 번역물, 독자 등의 여러
요소가 역사적 시간과 문화적 공간의 차이를 뛰어넘어 각기
독자적으로 움직이면서도 밀접한 상호 관련성을 맺고 있는
복잡하고 난해한 과정을 거쳐야 하는 작업이다. 번역은 타 문화에
대한 이해라는 생래적인 문제에서 시작하여 중역, 초역, 요약,
번안, 반역이라는 접근과 방법에 이르기까지 다양한 문제를
제기한다.

사실 번역시는 용광로에 던져진 장미꽃처럼 색과 향기를 잃을 수밖에 없다. 그럼에도 불구하고 외국 시 번역은 필요한 창의적 작업이다. 최근 '창조적 번역'이나 '문화 번역'이라는 담론이 유행하고 있다. 창조적 번역이든 문화 번역이든 번역은 무엇보다 타자와의 소통과 교류의 역사적 출발이다. 번역의 길은 고통과 인내를 통해 구원으로 가는 길이다. 투르게네프 산문시 번역에 도움을 준 모든 분들께 감사한다. 특히 시를 읽고 평가해 준 시인 임선기 선생님께 감사를 전한다.

투르게네프가 일생토록 흠모했던 여인 폴린 비아르도

투르게네프가 산문시를 쓰는 시간,
우리가 투르게네프를 읽는 시간

김행숙

　차고 축축한 안개로 자욱한 페테르부르크의 어느 겨울밤
투르게네프는 썰매 마차를 빌려 타려고 얼어붙은 눈길 위에서
서성거리고 있었다. 그러나 그의 관심사는 마차보다는 아무래도
가난한 마부들에게 있었던 것 같다. 마부들의 '이야기'를
들으려고 그는 매서운 겨울 밤거리를 홀로 거닐었던 것 같다.
'마샤'는 그 마부들 중의 한 명의 이름이지만, 가난한 농부들과
마부들을 부르는 투르게네프의 따뜻한 음성이 담겨 있는 그
모두의 이름이 되었다.

　산문시 「마샤」에는 19세기 러시아의 가혹한 농노제 아래에서
빚어지는 어두운 '이야기'들 속으로 섬세하게 파고들었던
사실주의 소설의 대가 투르게네프의 면모가 어른거린다.
투르게네프가 마지막으로 자신의 문학적 감성을 쏟았던
산문시는 19세기 러시아의 위대한 소설사 속으로 깊숙이 걸어간
한 소설가가 가닿았던 시의 양식이었다. 그리고 사냥꾼의 눈으로
러시아의 현실을 포착한 그의 사실주의 소설들은 시인의 내면과
시적 문체가 스며들어 있어서 투르게네프만의 색채를 가진
문학적 개성을 이룰 수 있었다.

　그는 사실주의자이면서 언어주의자였다. 투르게네프는 서구적
계몽정신과 교양으로부터 많은 것을 얻었고 그 당시로서는
이례적으로 유럽 문단과 적극적으로 교유했으나, 어디에 있든
작가 투르게네프의 "지팡이요 기둥"(「러시아어」)은 오직 모국어
러시아어뿐이었다. 그는 언어를 잘 사용한 작가를 넘어, 언어를

도공처럼 빚고 조각가처럼 다듬어 러시아어의 아름다움을 그 자체로 드러낸 예술가였다. 번역의 다리를 건너 투르게네프의 문학을 만날 때, 나는 한국어에 겹쳐져 있을 그 미지의 언어를 상상한다.

투르게네프가 여든세 편의 산문시를 썼으며 마지막 숨을 거둔 장소는 조국 러시아가 아니었다. 그는 1874년에 프랑스 파리 근교 부지발에 작은 저택을 하나 마련하여 대부분의 여생을 여기서 지냈다. 그 집은 평생을 독신으로 살았던 그가 마음에 품었던 유일한 연인이자 벗이었던 폴린 비아르도가 사는 빌라 맞은편에 있었다. 이국에서 그는 러시아의 자연을 그리워했지만(이 시집의 첫 번째 시 「마을」은 이렇게 시작한다. "6월 마지막 날, 러시아의 사방천리가 그리운 내 고향이다."), 그의 산문시는 그 아득한 풍경을 묘사하는 데 머물러 있는 법이 없다. 투르게네프의 시적 촉수는 언제나 그 풍경을 찢고 그 안에서 살아가는 사람들의 삶의 세목들에 가장 민감한 바람과 풀잎처럼 반응한다. '사랑'과 '기아'를, 살아 있는 모든 것들(죽어 가는 모든 것들)의 근원에서 갈라져 나온 형제(「두 형제」)라 여겼던 투르게네프. "모든 죽어 가는 것을 사랑해야지"(「서시」)라고 썼던 식민지 조선의 청년 동주가 좋아했던 시인 투르게네프. 그는 대체로 다정다감하지만, 때때로 엄정하고 냉정하고 신랄해지기도 한다. 그 모든 표정을 상상하노라면, 어쩐지 투르게네프가 투르게네프의 인생에 등불을 비춘 것 같다.

투르게네프의 산문시 여든세 편에는 그것을 쓴 시기가 전부 밝혀져 있다. 이를테면 1882년 11월과 같이, 해(年)와 달(月)이 매 작품 끝에 서명처럼 박혀 있다. 1878년에 집중적으로 쓰였지만, 그 후로도 작업은 이어져 1882년 11월에 생의 마지막 시편을 쓰는 투르게네프를 우리는 그려 볼 수 있다. 그는 1983년 8월 22일에 영면에 들었으니, 산문시에 스며 있는 투르게네프의 그 시간이라면 인생이 한 권의 책처럼 읽혔을까.

어느 날 오후에는 아무리 읽고 또 읽어도 해독되지 않는 부분을 인생의 한 부분으로 받아들였을 것이다. 그래도 죽음이 악몽의 형태로 찾아오는 밤은 잦아졌으리라. 성큼 가까이 다가오는 죽음은 선물처럼 내내 이루지 못했던 화해와 용서의 시간을 가져다주기도 했으리. 이런 낮과 밤을 가진 노인의 시간 속에서 그는 한 편 한 편의 시를 썼다. 시를 쓸 수 있는 힘이 남아 있을 때까지. 나는 투르게네프의 산문시를 읽으면서 노인의 시간이 시의 시간임을 신비하게 체감했다.

그리고 투르게네프가 꾼 꿈의 한 장면이 이상하게 이해되었다. 그 꿈의 조각은 「그리스도」라는 제목의 산문시로 우리에게 주어져 있다. 그리스도의 얼굴이 "모든 사람들의 얼굴"이며 "여름에 부는 바람에 가벼이 파도치는 이삭들" 같은 농군들의 머리, "흔히 볼 수 있는 보통의 얼굴"이라는 것을 느끼고서 갑자기 슬퍼졌고, 그 슬픔 속에서 잠을 깼노라고 그는 썼다. 그 슬픔이 투르게네프가 품었던 사랑의 비밀(秘密)이자 비의(秘義)였을 것이다. 그 슬픔이 투르게네프가 모든 죽어 가는 것에게 비추는 작은 등불이었을 것이다.

투르게네프의 산문시를 읽는 일은, 그 불빛에 보통의 부끄러운 얼굴을 적시는 시간을 선사할 것이다. 당신의 얼굴이 내 얼굴과 비슷하다고 생각하는 신비하고 슬프고 아득한 시간일 것이다.

김행숙
1999년 《현대문학》으로 등단했으며, 시집 『1914년』, 『에코의 초상』, 『타인의 의미』 등이 있다. 노작문학상, 미당문학상, 전봉건문학상을 수상했다.

세계시인선 34 사랑은 죽음보다 더 강하다

1판 1쇄 펴냄 2018년 11월 9일
1판 2쇄 펴냄 2022년 8월 16일

지은이   이반 세르게예비치 투르게네프
옮긴이   조주관
발행인   박근섭, 박상준
펴낸곳   **(주)민음사**

출판등록   1966. 5. 19. (제16-490호)
주소   서울시 강남구 도산대로1길 62
           강남출판문화센터 5층 (06027)
대표전화   02-515-2000   팩시밀리 02-515-2007

www.minumsa.com

ⓒ 조주관, 2018. Printed in Seoul, Korea

ISBN 978-89-374-7534-4 (04800)
      978-89-374-7500-9 (세트)

세계시인선 목록